La fille du docteur Baudoin

Marie-Aude Murail

La fille du docteur Baudoin

Médium
l'école des loisirs
11, rue de Sèvres, Paris 6e

Loi n° 49.956 du 16 juillet 1949 sur les publications
destinées à la jeunesse : septembre 2006
Dépôt légal : octobre 2006
Imprimé en France par Bussière
à Saint-Amand-Montrond
N° d'impr. : 063737/1.

Le bonheur ne donne que des pages blanches.
Mais triompher d'une épreuve fera bien un chapitre…
Boris Cyrulnik

Pour Dounia

Avec mes remerciements
à Laurence Wittke et Anne Vaudoyer

1
Bienvenue à Kochonland !

Le docteur Baudoin connaissait chaque soir de la semaine un moment de bonheur, par ailleurs assez bref, quand il prenait l'ascenseur. Tandis que la petite cage vitrée s'envolait vers son luxueux appartement, il lâchait un gros soupir en même temps que sa mallette en cuir. Voilà, encore une journée de boulot terminée.

Ce soir-là, il rentrait de bonne heure. Il allait pouvoir dîner en famille avec sa femme, Stéphanie, et avec ses trois enfants, chair de sa chair, prunelle de ses yeux, Violaine, dix-sept ans, Paul-Louis, quinze ans, et Cerise, huit ans. Cinquième étage, tout le monde descend.

– Ah, tiens, papa ! Sixte m'invite à sa soirée de rallye le mois prochain.

Paul-Louis agita devant lui son téléphone portable pour faire comprendre qu'il était en ligne.

– Mais il me faut un costume.

Le docteur Baudoin regarda son fils sans rien trouver à lui répondre, pas même le classique : « Ça fait plaisir d'être accueilli. » Il entra au salon, où les flics de Miami canardaient le canapé en laissant hurler leur sirène.

– Tu es sourde ? cria le docteur Baudoin à sa fille aînée.

Violaine, un coussin serré sur la poitrine en guise de gilet pare-balles, fit : « Hein ? », et se contenta de zapper sans baisser le son.

– C'est OK pour le costume ? reprit Paul-Louis dans le dos de son père.

– Votre mère est là ? demanda le docteur Baudoin.

Puis, sans espérer de réponse, il partit en quête de Stéphanie et se heurta dans le couloir à sa petite dernière.

– Oh, papa ! s'exclama Cerise. Je sais que c'est pas vrai et qu'il y a d'autres raisons de pleurer dans la vie, mais j'avais réussi à gagner deux cochons, et ils allaient faire un bébé en plus ! Mais il y a quelqu'un qui est entré chez moi et il a lâché un loup qui a mangé ma cochonne. Et mon pauvre cochon, il n'a plus de joie de vivre, maintenant.

Elle était au bord des larmes.

– Mais de quoi tu me parles? s'écria son père, ahuri.

– C'est à Kochonland, précisa la petite en reniflant. Sur Internet.

– Papa, gémit Paul-Louis, qu'est-ce que je réponds à Sixte?

Le docteur Baudoin leva les yeux au plafond. Dire qu'il avait idolâtré ce gamin quand il avait trois ans et qu'on l'appelait Pilou!

– Tu lui dis que ton père te file sa carte bancaire, répondit-il sans se douter que son fils le prendrait au mot.

Il ferma la porte de la cuisine assez brusquement au nez de ses enfants. Stéphanie en sursauta. Elle était en train de se lécher les doigts.

– Oh, déjà! Je fais une petite béchamel... avec du beurre anticholestérol.

Elle aussi, le docteur Baudoin l'avait idolâtrée. Quand il l'avait épousée, elle avait dix ans de moins que lui. Elle avait d'ailleurs toujours dix ans de moins que lui mais, depuis son «petit problème» au sein, elle avait aussi pris dix kilos. Son mari l'embrassa sur la joue.

– Sainte Dolto, priez pour nous! dit-il de ce

ton mondain qui lui allait si bien. Qu'est-ce que j'ai fait au bon Dieu pour qu'il me refile une moule accrochée au canapé, une gravure de mode et une gardeuse de cochons virtuels ?

– Tu parles de tes enfants ?

– Je préférerais que ce soient ceux du voisin.

– Pourquoi tu dis ça ? Quelqu'un t'entendrait, il croirait que tu ne les aimes pas.

– Je les aime… Mais j'aurais quand même mieux fait de les noyer à la naissance.

Stéphanie avait beau être habituée à l'humour de son mari, elle n'en fronça pas moins les sourcils.

– Tu te fais des rides, remarqua Jean en lui lissant le front de l'index. Bon, week-end prochain, on va à Deauville, rien que nous deux.

Une rougeur envahit les joues, puis le décolleté de Stéphanie. Elle, elle idolâtrait toujours son mari. Ce geste qu'il venait de faire ou sa façon de s'appuyer contre l'évier, elle en était troublée comme s'ils venaient de se marier.

– Tu pourras te faire remplacer par Chasseloup ? lui demanda-t-elle.

Le docteur Chasseloup était depuis six mois le jeune associé du docteur Baudoin.

– Suffit que je lui demande.

– Tu en es toujours content ?

– Mais pourquoi pas ?

– Il fait un peu « chevalier de la Triste Figure ». Il doit mal digérer.

Jean se mit à rire et conclut, le ton léger :

– Pauvre Chasseloup !

Au dîner, il fut d'abord question du méchant qui entrait dans le compte des autres pour boulotter leur cochonne.

– Je sais pas comment il a fait pour connaître mon mot de passe, s'interrogea Cerise.

– C'est Pomme, lui répliqua son frère.

– Comment tu le sais ? s'indigna la petite.

– Mais c'est ton pseudo sur MSN !

– Je vais en changer, alors, bougonna Cerise.

– Évite Poire, lui conseilla son père.

– Ce qui me fait le plus de peine, marmonna la fillette, de nouveau au bord des larmes, c'est qu'ils allaient avoir un bébé. J'ai jamais eu de bébé cochon.

Il y eut un petit silence où chacun se retint de ricaner.

– Au fait, demanda soudain Paul-Louis à son père, tu pourras me passer ta CB demain ?

Jean s'interrompit un instant de mastiquer, comme s'il cherchait le sens de cette question, et dit :

– C'était une plaisanterie.

– Ah bon ?

Paul-Louis avait fait un saut sur sa chaise, comme si elle était électrifiée. Il était obligé de mimer ses émotions car, en règle générale il n'éprouvait rien.

– Mais on se fait jeter dans un rallye si on n'a pas de costume !

– Et une cravate, lui rappela Cerise.

– On verra, on verra, dit rapidement Stéphanie pour éviter un incident entre père et fils.

Paul-Louis comprit qu'il aurait la CB de sa mère.

– Et alors, Violaine, on ne t'entend pas ? remarqua le docteur Baudoin. Tu as eu ton emploi du temps, ce matin ?

Il peut être difficile de s'appeler Violaine. Par une sorte de miracle, Violaine avait le physique qu'exigeait son prénom. Très brune de cheveux, la peau très blanche, et les yeux d'un bleu tirant sur le violet. Elle était très jolie malgré un certain avachissement adolescent qui lui ployait souvent les épaules et le cou.

– Emploi du temps ? fit-elle, comme si ce mot lui était présenté pour la première fois.

– Oui, emploi du temps, s'énerva son père, avec marqué lundi, mardi, mercredi…

– Mais c'est bon, grommela-t-elle. C'est toujours pareil.

Violaine entrait en terminale S.

– De toute façon, je vais me scratcher. Je crois que je vais plutôt faire une terminale L. Ça me sera plus utile.

– Quoi? s'écria le docteur Baudoin. Mais le bac, c'est à la fin de l'année!

– Je veux faire une école de journalisme, poursuivit Violaine, sans paraître remarquer l'objection de son père.

– C'est hypra-cher, approuva son frère, qui semblait avoir reçu pour consigne de faire dépenser le maximum d'argent à ses parents.

Jean jeta un regard consterné à sa femme, qui tenta une fois de plus de s'interposer:

– Avec un bac S, on peut faire du journalisme scientifique…

– Oui mais non, l'interrompit Violaine de sa voix la plus molle, moi, ce que je veux, c'est faire des reportages comme d'aller filmer le cyclone en Louisiane…

C'était tellement navrant que même sa mère ne

put rien lui répondre. Jean se tourna vers la petite Cerise :

– Au fond, il vaut mieux qu'on t'ait mangé ton bébé cochon. Parce que après il aurait grandi, il aurait voulu mettre un costard cravate et tourner dans des films catastrophe.

– Tentative d'humour désespérée, fit remarquer Paul-Louis à son assiette.

Son père préféra ne pas relever.

Après le repas, chacun fila régler ses affaires en cours. Cerise frisait le surmenage, elle devait apprendre les arts martiaux à son poussin sur chickentofight, ramasser les crottes de son dragon à elevezundragon.com, acheter des fournitures scolaires aux oursons de bearslife et traire les vaches sur mye-farm. Heureusement, sa mère passa la tête par la porte et la délivra de cette ultime corvée :

– Ferme-moi cet ordi ! As-tu fait ton cartable ?

Dans la chambre voisine, Paul-Louis, brillant élève de seconde, avait un échange philosophique sur MSN avec Sixte Beaulieu de Lassalle, son ami des beaux quartiers :

pilou <pifgadget@hotmail.fr>

pilou dit :

yora du Q a ton rali ?

sissi <colonelchabert@hotmail.fr>

sissi dit :

ke d ptass amen t skud

Le skud était le nom de code du préservatif. Les deux garçons se vantaient d'autant plus de leurs exploits futurs qu'ils n'avaient pas grand-chose à leur actif.

De l'autre côté de la cloison, Violaine crevait le plafond de son forfait en discutant au téléphone avec Adélaïde Beaulieu de Lassalle, sœur aînée de Sixte, qui lui disait à ce moment-là :

– Il est raide dingue de toi, mais il n'ose pas te parler. Jonathan, on était avec lui en troisième. Tu ne vois pas qui c'est ?

– Oui mais non, je suis avec Domi, de toute façon.

– Tu ne l'as pas fini ?

Elles rirent toutes les deux, Adélaïde d'un rire excité, Violaine d'un rire fatigué.

La fille du docteur Baudoin plaisait, elle plaisait beaucoup trop et elle avait l'impression que plaire lui créait des obligations. Elle acceptait de sortir avec le garçon. Puis elle se reprenait. Oui mais non. Elle n'avait pas trop bonne réputation. Il y avait ceux qui la traitaient d'allumeuse. Et ceux qui la disaient coincée.

– Des fois, j'ai l'impression que j'ai fait le tour de la question.

– C'est sûr qu'ils veulent tous la même chose, renchérit Adélaïde.

Elle fut la seule à rire encore. Violaine aurait eu quelque chose à lui dire, quelque chose qui lui restait en travers de la gorge. Il serait toujours temps d'en parler demain. Quand le papotage lui eut fait les deux oreilles bien rouges, elle décida de se mettre au lit.

Pelotonnée sous la couette, elle avait comme des petits frissons de fièvre le long de la colonne vertébrale, et un titillement entre les dents. Si c'était la grippe ? Elle aurait aimé que le sommeil l'emporte tout de suite comme lorsqu'elle avait l'âge de sa petite sœur. Elle ne voulait pas compter les moutons pour s'endormir. Surtout ne pas compter. 28, 29, 30. Était-ce 30 ou 31 ? Non, quand même pas 32 ! Elle glissa ses mains moites sous l'oreiller. Elle ne voulait pas toucher son corps. Ses seins durcis et dressés. Et ce poing qui lui appuyait sur la vessie. Encore envie de faire pipi. Oh, non, ce n'est pas possible. Elle se trompait, elle se trompait forcément. Domi avait fait attention, il l'avait dit. Et puis pour une fois, une seule fois... Violaine s'était enfouie dans les profondeurs de son lit, immobile, aux aguets. Elle aurait voulu être un tout petit animal et hiberner.

À l'autre bout de l'appartement, le docteur Baudoin s'interrogeait à voix haute :

– Vraiment, qu'est-ce qu'on va devenir avec Violaine ?

Torse nu, il était en train de défaire sa ceinture de pantalon et il suspendit son geste pour mieux réfléchir. Sa femme, déjà au lit, feuilletait *Le Quotidien du médecin* tout en relevant de temps en temps les yeux sur son mari. Elle était toujours un peu gênée par ce strip-tease conjugal que lui offrait Jean sans y penser.

– Il faudrait lui faire faire un beau mariage, reprit-il. Elle n'est pas invitée au rallye, elle ?

– Elle a refusé, elle n'aime pas ce genre de fête.

– C'est elle qui devrait fréquenter Sixte Beaulieu de Lassalle, dit Jean, détaillant le nom avec emphase tout en ôtant son pantalon. Dommage qu'il n'ait que seize ans, ce petit crétin.

– À ce propos, est-ce qu'on invite Domi ?

– C'est qui, ça ?

– Dominique. Elle l'appelle Domi, maintenant.

C'était le garçon avec lequel Violaine sortait depuis deux mois, un garçon qui était en classe préparatoire dans le même lycée. Fallait-il ou non l'inviter en week-end à Deauville ?

- Si Violaine l'appelle Domi, répondit Jean, il va bientôt disparaître.

– Disparaître ? s'étonna Stéphanie.

Jean écarta les bras comme pour mieux exposer sa nudité, et s'écria :

– Il va imploser ! Te rappelles-tu d'Alexandre ?

– C'était l'an dernier...

– Violaine l'a d'abord appelé Alexandre, puis Alex, puis Al. Et il a disparu. Après, nous avons eu droit à Sébastien, qui est devenu Bastien puis Seb. Et après ? Plus jamais entendu parler.

Stéphanie se mit à rire. Jean avait une façon bien à lui de voir les choses.

– Elle a appelé Dominique Domino. Maintenant, c'est Domi. Faisons des économies, ma chérie, ne l'invitons pas, conclut Jean en s'allongeant près de Stéphanie.

« Tentative d'humour désespérée », songea-t-il. Désespéré, lui ?

2
Nous croisons un âne au sortir d'un ascenseur

Le docteur Baudoin connaissait chaque matin de la semaine un moment de bonheur qui durait entre une minute dix et une minute trente, lorsqu'il remontait la rue du Château-des-Rentiers. Cette rue n'avait jamais mieux mérité son nom qu'en cette fin d'été ensoleillée. Au bas des tours où poussait une végétation folâtre, des moineaux par dizaines entraient et sortaient des buissons avec l'air agité des gens qui ont oublié leur portefeuille à la maison. En entendant l'église sonner huit coups, Jean se crut transporté dans le village de ses grands-parents.

La parenthèse se referma dès qu'il se trouva au bas d'une barre d'appartements de standing où une plaque d'un noir funèbre attestait la présence au troisième étage des

Docteur Jean Baudoin
Docteur Vianney Chasseloup

Médecine générale
Sur rendez-vous

– Bonjour, docteur ! l'accueillit Josie Molette, fidèle au poste dès huit heures.

– Bonjour, Josie.

Vingt ans qu'elle était là, derrière son comptoir.

– Comment se présente l'enfant ? demanda Jean rituellement.

– Madame Swan à 8 h 15. Pour sa fille Magali. La « petite THADA », songea Baudoin.

– Monsieur Bonpié à 8 h 30.

– Il se fait rare, commenta Jean.

– Monsieur Lespelette à 8 h 45.

« Renouvellement du somnifère », se dit Jean.

– Madame Clayeux à 9 h.

Le docteur haussa un sourcil.

– Si, vous l'avez déjà vue, dit Molette comme si son patron lui avait posé une question. C'est la dame qui se coiffait avec le *Figaro Madame* dans la salle d'attente.

– Ah oui ! se souvint le docteur Baudoin.

Il fronça les sourcils.

– Pourquoi vous n'avez pas pris ce rendez-vous pour mon associé ?

– Vous ne m'aviez rien dit.

– Vous auriez pu vous douter que c'était une cliente pour Chasseloup, maugréa Jean. Il a peut-être une place de libre dans la matinée?

On consulta le planning du jeune confrère et Jean posa le doigt entre deux rendez-vous:

– Là, à 9 h 30.

Mademoiselle Molette s'autorisa un léger regard de reproche.

– Madame Clayeux attendra, dit Jean. C'est fait pour ça, une salle d'attente. Pourquoi est-ce que je m'abonne au *Figaro Madame* si les gens n'ont plus le temps de se recoiffer?

La secrétaire eut un rire rouillé qui s'acheva en quinte de toux.

– Quand allez-vous arrêter de fumer?

Jean poussa une porte capitonnée et entra dans son cabinet de consultation. Il y avait encore quelques années, il éprouvait une sensation de puissance en s'asseyant dans son imposant fauteuil de cuir fauve. À présent, il ne voyait plus tous ces signes de réussite autour de lui, les tableaux abstraits au mur, l'outillage médical dernier cri, l'écran plat de l'ordinateur scintillant dans la pénombre. Il releva les stores, s'avachit dans son siège et jeta un regard morne sur le premier de ses mails.

Les laboratoires Ferrier tenaient à lui présenter leur toute dernière molécule qui allait révolutionner la planète et accessoirement soigner l'ulcère à l'estomac.

– Bon, soupira-t-il, en piste…

Mais il resta les yeux dans le vide avant de les poser sur une photo encadrée. Photo prise par lui-même à Deauville. On y voyait Stéphanie bien jolie dans une robe courte, entre Violaine et Pilou. Une vague de nostalgie submergea le docteur Baudoin. Ce jour-là, le jour de la photo, ils étaient heureux. Que s'était-il passé ensuite?

– Madame Swan?

Il avait entrouvert la porte donnant sur la salle d'attente. En plus de Magali et de sa maman, il y avait là une très vieille dame en chapeau cloche et manteau d'astrakan, prête à affronter les rigueurs de l'hiver alors que le mercure dépassait déjà les vingt degrés. Jean lui adressa un petit signe de tête distant. Une cliente pour Chasseloup.

– Entrez, madame Swan, asseyez-vous!

Magali passa devant le docteur Baudoin en traînant les pieds. La fois précédente, elle sautillait.

– Bonjour, Magali, la salua Jean.

Elle le dévisagea de ses yeux noirs un peu exorbités.

La fois précédente, à peine assise sur le fauteuil, elle s'était mise à jacasser à tort et à travers, donnant des coups de pied dans le bureau, interrompant la conversation des adultes, riant et pleurnichant sans raison.

– Alors, comment te sens-tu?

Magali se contenta de balancer une jambe sans répondre.

– Elle a l'air plus posé, hein? fit le docteur en se tournant vers la mère.

– Je ne la reconnais plus! s'écria madame Swan, presque éplorée. Je lui dis «Va te coucher», elle va se coucher. Je lui dis: «Viens te laver les dents», et elle se lave les dents...

– Tu entends, Magali? Ta maman est très contente de toi.

– Je lui dis: «Range tes chaussures», et elle range ses chaussures, «Mets ton pull» et elle...

– Oui, oui, j'ai compris le principe, intervint le docteur.

La fillette était traitée pour un problème de comportement, un THADA dans le jargon médical, un trouble dû à l'hyperactivité. Jean l'avait placée sous Méthylphénidride, un nouveau médicament des laboratoires Ferrier que lui avait longuement vanté Murielle, une visiteuse médicale en minijupe. Jean se souvenait assez bien de la minijupe.

– C'est un traitement de longue durée, murmura-t-il, les yeux rivés sur son écran. Il faut l'adapter à chaque cas. Question de dosage.

Murielle lui avait offert un nouveau logiciel médical, très coûteux, en même temps qu'une dizaine d'échantillons de Méthylphénidride. À prescrire largement aux enfants qui grimpent aux rideaux. Jean fit de nouveau face à madame Swan :

– La maîtresse doit être contente ?

– Très. Elle ne l'entend plus.

– C'est bien, Magali, la complimenta encore le docteur.

– Je tire les traits, chuchota la fillette.

Jean interrogea la mère d'un haussement de sourcils.

– Oui, elle tient mieux ses cahiers. Avant, c'étaient des vrais torchons.

Le visage de Jean s'éclaira :

– Ah oui ! Elle tire des traits ! Mais c'est bien, ça. Dans la vie, il faut savoir tirer un trait.

Il étouffa un ricanement et resta rêveur quelques secondes, comme si l'engourdissement de l'enfant le gagnait. Il s'ébroua en secouant la tête.

– Bien. On pourrait envisager une suspension du traitement...

Il intercepta le regard paniqué de madame Swan et compléta :

– ... pendant les vacances de la Toussaint. Elle partira pendant les vacances ?

– Chez sa mamie.

– Elle est patiente, la mamie ?

– Vous savez, elle va sur ses quatre-vingts ans.

– Elle fatigue, conclut le docteur. Bon, on maintient le traitement mais on réduit les doses.

Il attrapa son ordonnancier et écrivit « Méthylphréné... », non, ce n'était pas ça, « phédini... phénédri... ».

Il griffonna une fin de mot illisible, de la fameuse écriture-du-médecin que les pharmaciens sont seuls habilités à décoder.

– Voilà, une cuillère matin et soir. Et on se revoit dans un mois.

Madame Swan tira un chéquier de son sac.

– Non, lui rappela le docteur, vous réglez à ma secrétaire en prenant le prochain rendez-vous.

Il se leva et escorta Magali et sa mère jusqu'à la porte. La consultation avait duré cinq minutes, montre en main. Il revint s'asseoir à son bureau, l'air contrarié. Il allait passer un coup de fil à Murielle, des laboratoires Ferrier, et lui remonter les bretelles. Juste au moment où il prenait cette décision, le téléphone sonna.

– Qu'est-ce que c'est? fit-il, la voix rogue.

– Laboratoire d'analyses médicales, répliqua sèchement sa secrétaire, car la mauvaise humeur de son patron devenait contagieuse. Je vous passe madame Sol.

Le docteur poussa un grognement. Madame Sol n'était autre que Stéphanie, sa femme.

– Jean? J'ai les résultats de la biopsie pour madame Bonnard.

Elle lut à voix haute: «Prolifération adénocarcinomateuse invasive d'architecture essentiellement trabéculaire.»

Le docteur encaissa en silence.

– Jean, tu m'as entendue?

– Oui, merci.

– Tu la vois bientôt?

– Sais pas, marmonna-t-il. Je vais demander à Josie.

Il raccrocha. Madame Bonnard était une jeune mère de famille qu'il suivait depuis une dizaine d'années.

– Josie? Madame Bonnard, je la vois cette semaine?

– Ce soir, à 19 heures.

Charmante façon de conclure ses consultations. Dire que, statistiquement, un médecin généraliste ne diagnostique qu'un demi-cancer par an et qu'il lui en tombait un au complet pour sa fin de journée. Jean se mit à gribouiller sur un Post-it, tout en évoquant madame Bonnard. C'était le genre de femme qu'il appréciait, fine et distinguée sans être vraiment belle. Il regarda de nouveau la photo posée sur le bureau. À quand remontait la dernière mammographie de Stéphanie? Il se promit de lui en parler le soir même, puis regarda sa montre. Attention à ne pas prendre de retard dès le début de la matinée.

– Monsieur Bonpié?

Un homme d'une soixantaine d'années, plutôt gaillard, vint serrer la main du médecin.

– Alors, toujours bon pied, bon œil? plaisanta le docteur Baudoin.

– Oh, le pied et l'œil, ça va, répondit monsieur

Bonpié en s'asseyant de l'autre côté du bureau. Mais je suis fatigué.

Jean tiqua. Tiens, un retraité qui fatigue…

– Un peu de déprime ?

Monsieur Bonpié eut une espèce de gloussement satisfait.

– Vous seriez fatigué à ma place, dit-il en clignant de l'œil. J'ai une petite amie depuis trois semaines. La quarantaine. Une chaude. Et comme il faut que ma femme se doute de rien…

Il cligna encore de l'œil et Jean recula au fond de son fauteuil. Il avait toujours trouvé un air malsain à ce Bonpié sans vouloir se l'avouer. D'ailleurs, il sentait fort. Bonpié gloussa de nouveau.

– Il me faudrait un petit stimulant pour… hein ?

Il fit un mouvement de va-et-vient avec l'avant-bras et Jean eut envie de se débarrasser de lui le plus vite possible. Il consulta le dossier de son client sur l'écran de l'ordinateur.

– Bon, pas de problèmes cardiaques, murmura-t-il en essayant de préserver sa dignité de médecin. Vous ne prenez pas de médicaments en ce moment, non ? Eh bien, il vous faut du Viagra. Un comprimé avant les rapports. Cela donne d'excellents résultats… et on se revoit dans un mois.

Il attrapa son ordonnancier et gribouilla sa prescription tandis que l'autre gigotait de contentement sur sa chaise.

«Vieux cochon, va», pensa Baudoin en lui serrant la main.

– Monsieur Lespelette?

Il était là, les lèvres sèches, les yeux fiévreux, ravagé par l'insomnie. Il bondit presque de son siège. Au moment où le docteur Baudoin allait l'accueillir, il aperçut, posée au bord du canapé comme un oiseau au bout d'une branche, Violaine, sa fille.

Spontanément, il s'écria:

– Qu'est-ce que tu fais…

Mais il se reprit:

– Un instant, monsieur Lespelette. Deux mots à dire à mademoiselle.

Il se retira tout de suite à l'intérieur de son bureau pour ne pas affronter le mécontentement de son patient.

– Ferme la porte, dit-il à sa fille. Qu'est-ce qui t'arrive?

– T'as pas une pilule avortive?

– Abortive, rectifia-t-il machinalement.

Puis il parut comprendre ce que sa fille venait de réclamer.

– Quoi ? Pas pour toi ?

– Si.

Père et fille se dévisagèrent.

– Mais non, balbutia-t-il, tu... tu dois te tromper.

Violaine, sa gamine.

– Tu as combien de jours de retard ?

– Quelques jours.

– C'est précis, ça !

Il marcha vers la fenêtre pour se calmer puis revint vers Violaine.

Il s'aperçut alors qu'il avait envie de la gifler et mit les mains dans son dos.

– D'abord, il faut être sûr. À ton âge, un retard de règles, c'est fréquent. Ce n'est pas la peine d'embêter ta mère avec une prise de sang. Les tests de grossesse, ça marche très bien.

Il alla fouiller fébrilement dans son armoire de médicaments, fit tomber des boîtes, s'énerva un peu plus, jeta un coup d'œil à sa fille qui restait plantée comme une bûche au milieu de la pièce, se retint de hurler et finit par trouver un test de grossesse des laboratoires Ferrier.

– Voilà. Babytest. Tu seras fixée avec ça.

Il tendit la boîte à Violaine, qui la regarda sans même tendre la main.

– Ça marche comment? fit-elle de sa voix mollassonne.

Encore une fois, Jean se retint de hurler: «Tu sais comment on fait les bébés, ce n'est pas plus sorcier de vérifier si on en a un dans le tiroir!» Il prit une inspiration et répondit comme s'il parlait d'un jeu vidéo:

– Il y a une notice à l'intérieur.

Violaine fit un pauvre signe de tête. Mais quelle cruche!

– Ça se présente comme un thermomètre, lui expliqua-t-il. Tu enlèves le capuchon et tu pisses sur l'espèce de Coton-tige.

Il hésita avant de préciser quand même:

– Tu pisses au-dessus de la cuvette des W.-C.

Violaine prit la boîte et l'empocha avec le geste furtif d'une voleuse à l'étalage. Jean lui posa la main sur l'épaule:

– Ce n'est peut-être pas ça... Et dans tous les cas de figure, tu me rappelles.

Il la raccompagna jusqu'à la sortie et, au moment de la quitter, lui demanda non sans répugnance:

– Et... ce serait avec qui?

– Avec Dom.

Jean étouffa un gémissement. Elle l'avait encore raccourci! Il referma la porte sur elle en maugréant:

– L'autre insomniaque, maintenant.

Violaine appela l'ascenseur. Elle était déçue, désemparée. Elle avait cru que son père lui dirait : « C'est pas méchant. Avale-moi ça. Ça va passer. » Elle savait bien qu'elle ne souffrait pas d'un mal de gorge ou d'un mal de ventre. Mais elle gardait une foi enfantine dans son papa. Elle palpa la boîte au fond de sa poche et des larmes lui montèrent aux yeux. Elle détestait ce qui lui arrivait. Au fond, elle n'avait qu'à ne plus y penser. Aller au cinéma.

Quand elle voulut pousser la porte de l'ascenseur, celle-ci parut s'ouvrir d'elle-même, car un jeune homme l'attirait à lui. Violaine eut un petit recul de surprise.

– Je vous ai fait peur ? dit le jeune homme.

Il avait de longs yeux sombres et doux, des yeux d'âne sur le bord du chemin.

– Oh non, ça va, répondit Violaine.

Il sourit en s'effaçant pour la laisser passer. Long jeune homme avec un long nez.

Une fois dans la rue du Château-des-Rentiers, Violaine se sentit incroyablement seule. Son père n'avait rien pu pour elle et elle ne devait pas embêter sa mère. « C'est sans doute ça, être adulte », songea-t-elle confusément. Elle serra la boîte dans son poing. Tout d'un coup, elle avait envie de savoir. C'était quelque chose qui lui arrivait à elle, à elle seule, et c'était important. La première chose importante de sa vie.

Elle lut deux fois la notice lentement. N'ouvrir le sachet qu'au moment de l'emploi. Utiliser le bâtonnet dans les trente minutes. Lire le test au bout de trois minutes. Elle était seule dans la maison, elle alla s'enfermer dans les toilettes. Elle posa ensuite le bâtonnet sur son bureau. Il y avait deux petites fenêtres dans le corps plastifié de l'objet qui ressemblait effectivement à un thermomètre. Un trait vertical mauve devait apparaître au milieu de la fenêtre de gauche si le test avait été effectué correctement. Si un second trait vertical apparaissait dans la fenêtre de droite, le test était positif. En trois minutes, Violaine eut amplement le temps d'imaginer qu'elle n'était pas enceinte, qu'elle rompait avec Dom, s'inscrivait dans une école de journalisme, partait en reportage pour l'Afghanistan et se faisait enlever par les talibans, puis qu'elle était enceinte, abandonnait ses études et accouchait de jumeaux, une fille et un garçon. À ce stade, le premier trait vertical apparut.

Les battements du cœur de Violaine s'accélérèrent. La réalité lui sauta au visage. Elle était enceinte, elle allait devoir avorter. Non, elle ne voulait pas. Sûrement, ça faisait mal. Elle croisa les doigts, serra fort les paupières, se concentra pour que le second trait n'apparaisse pas. En même temps, elle savait que c'était stupide, que ce qui devait être serait. Enfin, elle rouvrit les yeux et aperçut dans la fenêtre le fatidique trait vertical mauve. Enceinte. Elle se précipita sur son téléphone portable. Elle aurait pu appeler son père ou le père de son enfant.

– Adélaïde ?

Elle préférait annoncer la nouvelle à sa meilleure amie.

– J'ai fait un test de grossesse.

– Un test de... Pour quoi faire ? bredouilla l'autre.

– Je suis enceinte.

Adélaïde laissa passer deux secondes. Les mots qu'elle disait sans y penser, amour, garçon, coucher, les mots avaient soudain un sens. Enceinte !

– T'es vraiment sûre ? Mais comment tu as fait... C'est qui ?

– C'est Dom.

Elle le haïssait, elle aurait voulu l'appeler D.

– Qu'est-ce que tu vas faire? Tu vas avorter?

– Oui mais non, chuchota Violaine.

– Tu peux pas le garder quand même! Si?

– Non mais...

Avorter. Ce mot la terrorisait.

– Attends, il y a du monde. Je te vois demain.

Ce n'était pas vrai. Mais elle préférait soudain le silence. Elle posa la main sur son ventre. C'était là, déjà vivant. Un garçon ou une fille? Elle regarda le test comme si la réponse allait apparaître dans une troisième fenêtre. Un garçon, ce serait mieux. Comment l'appellerait-elle? Et ce fut tout de suite évident. Vianney. Elle adorait ce prénom. Elle l'avait entendu ou lu quelque part récemment. Vianney. C'était original, pas trop viril mais sexy malgré tout. Son portable laissa échapper les premières notes de «L'île aux enfants».

– Alors, tu as fait le test?

C'était le docteur Baudoin, la voix tendue.

– Oui. C'est... négatif.

– Ah, tu vois! triompha Jean. Tu nous as fait peur pour rien. Mais, pour ta contraception, il faudra qu'on en reparle.

– Oui, oui, dit-elle du bout des lèvres.

Elle éteignit son portable.

Pourquoi avait-elle menti ? Un réflexe. Son père allait décider à sa place et elle ne le voulait pas. C'était à elle de choisir. Choisir ? Elle en eut le souffle coupé. Elle ne pourrait jamais prendre une décision. Avec elle, ce serait toujours oui mais non, non mais si. Et l'autre, là, dans le ventre, il avait déjà décidé. Il voulait pousser. C'était sûrement un garçon. Les garçons, ça vous veut, ça vous prend, ça s'installe dans votre vie, dans votre ventre. Elle les détestait. Elle eut une illumination. Elle allait se faire religieuse !

Mais dans l'immédiat, ça ne réglait pas complètement la question.

3
Que puis-je faire pour vous ?

Josie Molette raccrocha le téléphone et releva la tête. Monsieur Lespelette attendait, le chéquier en main.

– Je dois prendre un rendez-vous pour la fin de la semaine… quand j'aurai mes résultats.

Dans sa main tremblait une ordonnance qui lui prescrivait analyses de sang et d'urine. À faire au laboratoire Sol, naturellement. Josie acquiesça et feuilleta l'agenda du docteur Baudoin. La semaine était déjà très chargée.

– Ça ne va pas être facile, marmonna-t-elle.

– Oh, mais il faut absolument…

L'angoisse ne laissait plus qu'un filet de voix au malheureux Lespelette. C'était pourtant un homme dans la force de l'âge.

– Samedi à midi. Je ne peux rien vous proposer d'autre.

– C'est très bien.

La secrétaire eut juste le temps de lui souhaiter une bonne journée avant de décrocher le téléphone :

– Cabinet médical, j'écoute.

Dans l'entrée, Monsieur Lespelette croisa un jeune homme qu'il lui sembla avoir déjà vu. Il lui adressa un vague signe de reconnaissance auquel l'autre répondit par un sourire compatissant.

– Bonjour, mademoiselle Molette, fit le nouvel arrivé.

La secrétaire lui jeta un regard tout en raccrochant. Non mais quelle allure, avec cette coupe de cheveux informe et ce veston froissé !

– Bonjour, docteur. Vous êtes attendu.

Cela sous-entendait que le docteur Chasseloup était en retard. Il le comprit fort bien.

– J'ai été appelé en urgence sur mon portable par madame Pézard, dit-il en manière d'excuse.

– Encore ?

– Elle pensait avoir pris deux fois de suite son médicament pour le cœur. Elle avait d'horribles palpitations...

– Et ?

– Elle allait très bien.

Il avait couru jusque chez madame Pézard et s'était pris une suée en montant quatre à quatre les six étages. Elle l'avait accueilli, toute rose et contente d'elle :

– Vous allez vous moquer. C'est mon médicament pour aller à la selle que j'avais pris la première fois. On se fait de ces peurs !

Josie Molette soupira en hochant la tête. Ce pauvre Chasseloup. Elle savait que son patron faisait peu de cas du jeune homme et elle l'imitait.

– Dépêchez-vous ! le houspilla-t-elle. Madame Rambuteau est déjà là. Et vous avez une personne qui a insisté pour vous voir ce matin entre deux rendez-vous. Madame Clayeux... Excusez-moi. Cabinet médical, j'écoute.

Elle le regarda s'éloigner, long jeune homme qui lui semblait tout aussi insaisissable de dos que de face.

Dès que Vianney entra dans son bureau, son cœur se gonfla de plaisir. Chez lui ! C'était tellement incroyable que, si jeune et sans moyens financiers, il fût déjà établi ! Il appuya le dos à la porte et parcourut la pièce d'un regard affectueux. Il était difficile d'imaginer cabinet de consultation plus minable. Le bureau étriqué et la petite armoire vermoulue pouvaient à la rigueur passer pour des souvenirs de famille, mais pas le divan d'examen dont le revêtement était fendu par le milieu. Vianney se dépêcha d'aller le recouvrir d'une feuille de papier qu'il changerait après chaque auscultation. Puis il alluma son ordinateur dont le démarrage faisait croire à la proximité d'un aéroport. Enfin, le jeune homme recula un peu les deux sièges que la femme de ménage s'obstinait à coller contre le bureau. C'étaient deux chaises arthritiques d'un grand intérêt médical puisqu'elles dénonçaient par un craquement toute surcharge pondérale du patient.

Après ces quelques préparatifs, le docteur Chasseloup alla droit vers la seule reproduction qui ornait les murs de son bureau. Il s'agissait du serment d'Hippocrate, ce serment qu'il avait prêté en entrant dans la profession.

Chaque matin, il s'accordait une ou deux minutes d'une méditation parfois parasitée par les petits soucis du métier. Il lut cette phrase qu'il connaissait par cœur: «En présence des maîtres de cette école, de mes chers condisciples et devant l'effigie d'Hippocrate, je promets et je jure... C'est qui déjà ce matin en première heure ?.. d'être fidèle aux Lois de l'Honneur... Putain, c'est madame Rambuteau... et de la Probité dans l'exercice de la Médecine. »

– Madame Rambuteau ?

– Ah ben, quand même ! s'exclama la vieille dame en chapeau cloche et manteau d'astrakan.

Elle frissonna en entrant dans le bureau.

– Mais c'est glacial ici !

– Plein nord ! claironna le docteur Chasseloup.

– C'est qu'il a l'air d'en être content !

– Pendant la canicule, c'était l'endroit le plus agréable de Paris. Asseyez-vous, madame Rambuteau.

La chaise arthritique n'émit pas même un gémissement. La vieille dame, manteau compris, ne devait pas dépasser les quarante kilos.

– Alors, que puis-je faire pour vous ? demanda aimablement le jeune médecin.

– Rien du tout, lui répondit sa patiente avec un regard féroce. Vous avez jamais rien pu faire pour moi, je vois pas pourquoi que ça changerait.

Bien qu'il fût habitué à sa cliente, Vianney cilla devant la violence de la réplique. Pour se donner une contenance, il jeta un coup d'œil sur son écran à la fiche de madame Rambuteau. Elle était fort longue, la vieille dame se plaignant chaque fois de deux ou trois symptômes différents et gravissimes, sans aucun lien possible entre eux.

– Il en fait un boucan, votre ordinateur. Quand c'est que vous le changez ?

– Je l'aime beaucoup. Il s'appelle Mickey.

– Mais quel idiot ! s'écria la vieille dame, qui avait souvent l'air de prendre quelqu'un à témoin de l'incapacité de son médecin. Bon, vos pilules, là, que vous m'avez données l'autre fois pour ma circulation, ça sert à rien. Je les ai jetées.

– Je vous avais prévenue que ça ne vous apporterait qu'un léger soulagement.

Vianney savait pertinemment que tous ces médicaments pour «jambes lourdes» n'avaient aucune efficacité.

– Je vous avais conseillé de dormir les jambes surélevées. Et de faire une petite marche tous les jours, lui rappela-t-il avec infiniment de douceur dans la voix.

– Et c'est-ti ça qui m'enlèvera mes coups d'épée dans les reins ? riposta la vieille dame, outrée.

– Ah ? Vous souffrez de... d'élancements ?

– C'est pas parce que vous changez les mots que je vais être guérie.

Vianney, un peu abattu par ces préliminaires,

attendit sagement que madame Rambuteau en vienne à la vraie raison de sa consultation.

– Alors, voilà. J'ai, comment que vous dites? des élancements dans le bras.

– Je croyais que c'était dans les reins.

– Dans le bras! Vous savez mieux que moi peut-être? C'est qu'il vous ferait passer pour une vieille gaga. Ça me part de là...

Elle mit le tranchant de la main droite sur son poignet gauche.

– ... et ça me remonte jusque-là.

Du même geste, elle se coupa le bras à l'épaule.

– C'est quoi, à votre idée?

– Je pense que ce sont des élancements, madame Rambuteau.

La vieille dame parut interpeller la chaise inoccupée:

– Il se paye ma tête.

Vianney savait que sa patiente était solide comme le pont Neuf. Mais il ne voulait tout de même pas risquer de passer à côté d'une maladie grave.

– Est-ce que c'est une douleur récente? lui demanda-t-il.

– De cette semaine. Pourquoi que je serais venue autrement? Pour vos beaux yeux?

Le docteur Chasseloup avait des yeux magnifiques, très sombres, très allongés, des yeux à la fois tristes et souriants.

– Avez-vous mal tout de suite ?

– Tout de suite ? Tout de suite, non. Forcément, je parle, ça me distrait.

– Votre fille est passée vous voir récemment ?

– Qu'est-ce que ma fille vient faire là-dedans ?

La voix de la vieille dame avait fléchi, mais elle se reprit :

– En plus, ça me gagne l'autre bras depuis hier. De là…

Elle indiqua le poignet.

– … à là.

Elle s'arrêta au coude. Vianney se permit une petite moue dubitative.

– C'est tout l'effet que ça lui fait ! explosa madame Rambuteau. Il attendra que ça me passe dans la jambe pour me faire amputer.

– On va essayer de vous garder entière, madame Rambuteau. Cette douleur, est-ce qu'elle vous réveille la nuit ?

– Comment que je peux savoir ? Je dors pas.

– Vous ne dormez pas ? répéta Vianney en riant intérieurement. Jamais ?

– Une heure ou deux, lui concéda madame Rambuteau. Sur le matin. À l'heure que le camion-poubelle passe.

Vianney croisa les bras et regarda tendrement la vieille dame.

– Qu'est-ce qu'il a? Pourquoi qu'il me regarde comme ça? bougonna-t-elle.

– Madame Rambuteau?

– Oui?

– Qu'est-ce qui vous fait plaisir dans la vie? À part enquiquiner votre médecin…

– Plaisir? Mais les vieux, ça a pas de plaisir. C'est que de la misère, la vieillesse. Et ça intéresse personne.

Mickey occupa tout seul le long silence qui s'ensuivit.

– Je sais bien que ma fille, elle a autre chose à faire qu'à penser à moi, dit enfin la petite madame Rambuteau. Mais elle pourrait bien… Je sais pas. On peut passer un coup de fil quand même?

– Et vous, si vous l'appeliez? suggéra Vianney.

– C'est pas à moi de faire le premier pas.

– Peut-être que si.

Ils se regardèrent.

– Et pour ma constipation, dit-elle brusquement, je fais quoi?

– Vous faites caca, lui répondit Vianney le plus sérieusement du monde.

– Il se moque de moi, ragea la vieille dame. On verra ça quand ça sera votre tour d'être vieux.

– Je serai infernal, madame Rambuteau.

– Comme moi, hein, c'est ça ? Bon, mettez-moi un médicament pour ma constipation. Vous me prescrivez jamais rien ! Si j'attendais après vous pour me soigner, je serais déjà morte.

Vianney attrapa son ordonnancier et prescrivit un laxatif bien dégoûtant, qui devait correspondre à l'idée que madame Rambuteau se faisait d'un médicament efficace. La vieille dame sortit ses sous de son porte-monnaie.

– Eh là, pas si vite ! protesta Vianney. Je vais vous prendre la tension. Et je veux vous peser. Sans votre manteau.

L'examen prit un petit quart d'heure supplémentaire et fournit l'occasion à Vianney d'un couplet sur la nécessité de s'alimenter correctement, et surtout de s'hydrater, que sa cliente ponctua de haussements d'épaules.

– Les boutons de votre manteau, madame Rambuteau.

– Quoi ?

– Vous avez mis Pierre avec Paul.

Il la reboutonna puis la reconduisit jusque sur le palier. Et là, à l'abri du regard de la secrétaire, il lui fit la bise.

– Et il drague en plus. Un joli coco, ce médecin, grommela la vieille dame en appelant l'ascenseur, tandis que Vianney riait dans son dos.

Le jeune médecin aurait bien aimé se reprendre quelques instants, seul dans son bureau. Mais il était très en retard.

– Monsieur Bernard ?

En entrebâillant la porte, Vianney vit que la salle d'attente s'était remplie. Une dame d'un certain âge, qui avait ôté son mocassin, semblait l'examiner sous toutes les coutures. Sans doute souffrait-elle de cors au pied.

Monsieur Bernard avait dans les soixante-dix ans. Il passa devant Vianney en soufflant et, quand il s'assit, la chaise fit entendre un sinistre craquement.

– Vous avez grossi, monsieur Bernard, remarqua le docteur Chasseloup.

– Un peu.

– Et ce régime que vous deviez suivre ?

– Mon pauvre ! Quand j'avais votre âge, j'aimais

les bons petits plats et les jolies femmes. Alors, vous voyez ce qui me reste…

– Il vous reste madame Bernard, qui fera une veuve inconsolable.

– Vous savez river leur clou aux gens, vous, dit le gros bonhomme en riant.

Mais son rire s'acheva en une quasi-suffocation et son teint vira au pourpre.

– Et mes analyses, vous ne les avez pas faites, n'est-ce pas ? reprit Vianney sur un ton de gronderie.

– Mais ça me donnera quoi, de savoir que j'ai du cholestérol ? On n'est pas éternel, mon petit. J'ai pas besoin d'analyses pour savoir ça.

Monsieur Bernard était un sage à sa façon, mais Vianney voulait qu'il reste sur cette terre le plus longtemps possible. Pour sa femme, ses enfants et ses petits-enfants. Il parcourut sa fiche en fronçant les sourcils.

– Je vous ai apporté mon vaccin pour la grippe, fit le gros homme d'un ton conciliant.

– C'est bien, murmura Vianney, les yeux toujours rivés sur son écran. Mais je vais vous examiner d'abord.

Il ausculta soigneusement son patient, lui prit sa tension, le pesa et manifesta à plusieurs reprises son mécontentement. Monsieur Bernard semblait de plus en plus penaud.

– Bon, c'est promis, je vais me calmer sur le sauciflard et les rillettes d'oie.

– Et vous me faites vos analyses ?

– Oui. Mais vous allez pas tourner comme votre collègue, hein ?

D'un signe de tête, monsieur Bernard désigna la direction du bureau du docteur Baudoin.

– Ma femme est allée le voir l'autre jour parce qu'on lui avait dit qu'il y avait rien de mieux que ce monsieur. Elle a eu une liste de médicaments longue comme le bras. Et à peine qu'elle était assise, il fallait qu'elle soit debout. Trois minutes, la consultation. C'est pas comme avec vous…

– Mais ça n'a rien à voir, protesta Chasseloup en rougissant. Le docteur Baudoin est débordé, il a une telle clientèle ! Moi, je débute…

– Oui ? Eh bien, restez comme vous êtes.

Vianney étouffa un petit soupir. Quelque chose lui disait qu'en effet il débuterait toute sa vie.

– Alors, ce vaccin, on y va ?

Après la piqûre, monsieur Bernard se rhabilla lentement, en parlant des enfants, des petits-enfants, du chien qui avait de l'eczéma, pour masquer son essoufflement. Vianney le raccompagna jusqu'à la sortie et les deux hommes se serrèrent la main.

– Monsieur Bernard, prenez soin de vous, dit le jeune médecin.

Il y avait tant de chaleur dans sa voix que le gros homme tapota la main de Vianney et marmonna :

– Promis, patron.

Quand il revint vers le bureau de la secrétaire, le docteur Chasseloup se heurta à son confrère :

– Oh, pardon !

– Pas de mal, fit le docteur Baudoin, vous allez bien, ce matin ? Tiens, j'y pense…

Chasseloup, qui avait voulu répondre, restait la bouche ouverte. Du reste, moralement parlant, il était toujours bouche bée devant son élégant collègue.

– Samedi matin, j'aurai un empêchement familial, enchaîna le docteur Baudoin, qui projetait un week-end à Deauville. Heureusement, je n'ai pas pris beaucoup de rendez-vous, vous pouvez me remplacer ?

Chasseloup ferma la bouche, déglutit et sourit, tout content :

– Mais il n'y a pas de problème…

C'était son premier samedi matin libre depuis trois mois. Il était heureux de pouvoir le sacrifier à cet homme qui n'avait pas hésité à prendre pour associé un garçon sans expérience.

– Merci, je vous revaudrai ça, promit Jean, le ton léger.

– Docteur Chasseloup, intervint Josie, pensez à prendre madame Clayeux avant monsieur Genest.

– Une nouvelle patiente, je crois, remarqua le docteur Baudoin en échangeant un regard complice avec sa secrétaire.

Le jeune médecin passa par son cabinet afin d'ouvrir la porte de la salle d'attente.

– Madame Clayeux?

La dame avait toujours son mocassin à la main. Elle le montra au docteur Chasseloup et lui dit gentiment:

– La demoiselle est partie me chercher la pointure au-dessus.

4
On ne peut pas toujours changer de fond d'écran

Quand Stéphanie téléphona à son mari depuis la clinique pour lui annoncer qu'elle venait d'accoucher, le docteur Baudoin fut mécontent.

– Tu ne peux pas avoir d'enfants, la gronda-t-il. Tu n'as plus d'ovaires.

Mais Stéphanie arrivait déjà de la maternité, en robe de chambre. Elle posa le bébé au bout du couloir sur ses deux petits pieds nus, et celui-ci se mit à marcher.

– Quoi ? s'étonna le docteur Baudoin. Mais tu marches ?

– Oui, dit le bébé, et je parle aussi.

Jean regarda sa femme pour partager avec elle son effarement, mais Stéphanie se contenta de sourire.

– C'est une fille, dit-elle. Je l'ai appelée Éphèbe.

– C'est... c'est joli, mais enfin, en grec, un éphèbe...

Jean se redressa sur son lit.

– ... c'est un jeune garçon, marmonna-t-il, la voix pâteuse.

Stéphanie sursauta en plein sommeil.

– Qu'est-ce que tu as ?

– Le bébé, lui dit Jean, l'air égaré.

– Quel bébé ?

Tout s'enchaîna très vite dans l'esprit du docteur Baudoin. C'était Violaine qui s'était crue enceinte. Elle avait fait un test. Négatif. Ne pas en parler à Stéphanie.

– Non, rien, fit-il en se frottant les yeux. Un rêve idiot.

Le radioréveil se mit alors à crachoter les infos du jour et Jean se souvint qu'ils avaient prévu de partir tôt pour Deauville. En revanche, ils n'avaient pas prévu que Cerise serait du voyage. Mais sa marraine, qui devait la garder, avait déclaré forfait à la dernière minute. Une gastro.

– Je vais dire aux petites de se préparer, soupira Stéphanie en se traînant hors du lit.

Car Cerise avait pleurniché jusqu'à ce que ses

parents invitent sa copine Agathe, une autre adepte de Kochonland.

La petite tête ébouriffée de Cerise se souleva de l'oreiller.

– C'est pas l'heure quand même ?

– Évidemment, tu es crevée ! Vous n'aviez qu'à vous endormir plus tôt, grommela Stéphanie. Qu'est-ce que tu as, Agathe ?

L'autre fillette gémissait, se pressant les tempes entre les mains.

– J'ai mal à la tête.

– Il ne manquait plus que ça ! Bon, levez-vous. Je te prépare une aspirine, Agathe.

Il y avait toutes sortes de virus qui couraient les rues et les écoles. Inutile de prévenir Jean. Il allait s'énerver. L'aspirine effervescente permettrait à la petite de tenir jusqu'à midi. Puis l'air du large la ranimerait. Ou l'achèverait. Une fois dans la voiture, Stéphanie espéra que les petites se rendormiraient. Hélas, l'aspirine avait transmis son effervescence à Agathe et elle tenait d'autant moins en place que ses parents venaient de lui acheter un téléphone portable qui permettait de se prendre en photo, de s'enregistrer, de jouer à des jeux vidéo.

– C'est incroyable, tout ce que ça peut faire, dit Stéphanie.

– Il paraît qu'on peut même téléphoner avec, observa son mari.

Agathe eut alors la meilleure idée de la matinée, choisir une nouvelle sonnerie pour son téléphone. Elle fit donc écouter à Cerise toutes celles qu'elle avait à sa disposition et la *Reine de la nuit* alterna avec la *Cucaracha*, le *Capitaine Flamme* croisa le *Cygne* de Saint-Saens, la *Traviata* se fit détrôner par *Star Wars*. Le docteur Baudoin craqua à *We will rock you* :

– Mais bon Dieu de merde, vous allez arrêter, oui ?

Jamais un habitacle de voiture ne ressembla autant à un cercueil ambulant que dans le silence qui suivit. Cerise se fourra le pouce dans la bouche. En principe, elle ne le faisait plus. Mais là, ça valait le coup.

À Deauville, il faisait un temps vif et clair. Le docteur Baudoin, prenant une large inspiration, se nettoya de toute sa semaine, de tous ces scrofuleux, migraineux, constipés qui déversaient leurs petites misères sur lui. Agathe et Cerise ne décollaient pas du portable, leur nouveau souci étant de changer de fond d'écran. Quand elles se furent décidées pour une plage hawaïenne, le portable échappa des mains d'Agathe et tomba dans une flaque d'eau.

– Une bonne chose de faite, se réjouit Jean férocement.

Les fillettes purent s'adonner à des jeux de leur âge, creuser des tunnels dans le sable et crier quand la mer leur léchait le bout des orteils. Puis, l'après-midi devenant venteux, on dut rentrer à la maison, cette villa avec jardin que Jean et Stéphanie avaient fait financer par leurs malades communs.

Au dîner, Agathe, qui avait un peu peur du docteur Baudoin, se força à manger alors qu'elle n'avait pas faim.

Puis les petites filles se retrouvèrent dans leur chambre et se décrivirent l'une à l'autre le portable de leurs rêves.

Vers 21 heures, Stéphanie, qui était allée leur enjoindre de se coucher, revint en hâte dans la chambre conjugale.

– La petite est malade.

Jean, qui était déjà allongé, se redressa d'un coup de reins. Cerise, sa gamine.

– Malade ?

– Elle vomit.

Stéphanie attrapa une serviette et un tee-shirt de rechange, puis repartit en courant. Jean se précipita derrière elle jusqu'à la salle de bains, où Agathe vomissait, pliée au-dessus de la cuvette des W.-C.

– Ah, c'est l'autre, fit-il à mi-voix.

Ce même samedi, Violaine avait décidé de se lever dès que ses parents auraient dégagé le terrain. Mais elle entendit la porte d'entrée se refermer sur eux et elle resta couchée en chien de fusil, tiraillée entre faim et nausée. Même l'envie d'uriner, qui la faisait de nouveau souffrir, ne pouvait la forcer à quitter son lit. Elle n'arrivait pas à croire à ce qui lui arrivait. Il y avait une monstrueuse disproportion entre ces dix minutes passées sur un lit avec D. et ce ventre qui se profilait à l'horizon. C'était insensé. Elle hurlait intérieurement : en plus, à dix-sept ans, non ! Non mais si. C'était impossible mais c'était là. Elle en était terrassée. La sonnerie de « L'île aux enfants » vint la chercher au fond de son désespoir.

– Adélaïde ?

– Bon, alors, je me suis renseignée sur Internet, fit la voix roborative de son amie. Quand la grossesse en est au tout début, on a juste à prendre deux médicaments à quelques jours d'intervalle. Et ça passe.

Oh oui, songea Violaine, que ça passe. Des larmes lui bordaient les yeux. Elle les essuya dans l'oreiller.

– Ça se trouve en pharmacie, ces médocs ?

– C'est-à-dire... ça ne se vend pas comme ça. Il faut voir un médecin.

Violaine retomba dans son accablement.

– Tu pourrais demander à ton père, suggéra Adélaïde.

– Non.

Ce fut dit très fermement.

– Alors, on peut aller voir la doctoresse de ma mère. C'est aussi la mienne. Elle est très bien.

– Oui, je préfère une femme, approuva Violaine. Ça me gênera moins.

– Je te prends un rendez-vous.

– Merci.

Il n'y avait pas d'autre mot. Merci. Adélaïde était à son côté. Dix minutes plus tard, elle appelait :

– J'ai un rendez-vous pour dix heures et quart. J'ai donné mon nom pour être sûre d'avoir une place. On ira ensemble.

La doctoresse s'appelait Broyard. Nina Broyard. Les deux jeunes filles s'étaient donné rendez-vous dans un troquet en face du cabinet médical.

– Un café ?

– Oui, accepta Violaine sans y penser.

Puis elle fit une moue de dégoût.

– Non.

– Tu as des nausées ? compatit Adélaïde.

– Mmm.

Elle serrait les dents.

– Tu ne vas rien dire à... Truc ? s'informa Adélaïde.

– Qu'est-ce que tu veux que je lui dise ? Qu'il est con ? C'est mon problème, de toute façon. Il ne va pas décider à ma place... C'est pas l'heure d'y aller ?

– Dix minutes. Stresse pas. Je te dis, elle est super sympa.

– Mais elle va... elle va me donner le médicament ?

– Non, elle va te signer un papier comme quoi tu es enceinte, que tu veux une IVG et machin.

– Et après, j'en fais quoi du papier ? insista Violaine. Je vais à la pharmacie pour avoir le médoc ?

– Non, je crois pas... Parce qu'il faut que tu réfléchisses.

Violaine ouvrit des yeux terrifiés :

– Que je réfléchisse ?!

– Oui, tu as sept jours, tu sais, c'est comme mes parents quand ils ont acheté l'appart. Tu as un délai, quoi, si tu changes d'avis.

Elle but son café en évitant de regarder son amie.

– Bon, on y va ? fit-elle en reposant sa tasse.

– Ça sert à rien. Si c'est que pour un papier.

Elle voulait que ça s'arrête tout de suite. Sept jours, elle ne tiendrait pas.

– Mais c'est obligé, lui rétorqua Adélaïde, qui devenait nerveuse.

Le cabinet de la doctoresse était encore plus luxueux que celui du docteur Baudoin, avec un piano ouvert qui semblait attendre la jeune fille de la maison, une pendulette 1900 sur la cheminée en marbre et un fond sonore très zen de chants d'oiseaux et de chutes d'eau. Il n'y avait dans la pièce qu'un seul vieux monsieur parkinsonien dont la canne pilonnait le plancher malgré lui. Un « client pour Chasseloup », songea Violaine en le regardant. C'était une plaisanterie de son père qui servait maintenant à toute la famille.

La porte s'ouvrit et parut Nina Broyard, une quinquagénaire au teint frais et au tailleur rose épousant d'agréables rondeurs. Elle jeta un regard de côté sur les deux adolescentes avant de s'écrier comme on fait pour s'adresser à une personne sourde :

– Entrez, monsieur Lepoilu !

La porte se referma sur le vieux monsieur. Les deux filles marquèrent un temps de surprise puis se lancèrent un coup d'œil. Adélaïde fut la première à pouffer. Le rire gagna Violaine. Puis ce fut inextinguible. Elle gloussèrent, s'étranglèrent, repartirent de plus belle, se morigénèrent en gémissant : « Oh non… » Violaine finit par se lever et tourna le dos à son amie car, dès que leurs regards se croisaient, le rire leur grattait de nouveau la gorge. Quand le docteur Broyard ouvrit la porte pour appeler :

– Eh bien, Adélaïde ?

Un petit frisson nerveux les parcourut toutes les deux.

– En fait, dit Adélaïde en désignant son amie, on est venues ensemble.

– Je vois cela, répliqua la doctoresse avec un sourire de gourmande. Ça tombe bien, les filles, j'ai deux chaises. Ferme la porte derrière toi, Adélaïde. Bon, on commence par qui ?

La voix était chaleureuse mais un peu brutale, et les yeux intrusifs indisposèrent Violaine, qui bredouilla en baissant les siens :

– Par moi…

Comme elle n'était encore jamais venue, la doctoresse lui posa les questions d'usage, tout en entrant les données sur son ordinateur.

– Baudoin, répéta-t-elle. J'ai connu quelqu'un qui…

Elle n'acheva pas. Elle avait aimé un certain Baudoin en fac de médecine, un vrai cavaleur.

– Dix-sept ans, souligna-t-elle à voix haute quand Violaine lui eut donné sa date de naissance. Encore au lycée ? Oui… terminale S. Bien. Vaccins à jour ? Alors, qu'est-ce qui t'amène aujourd'hui ?

– Je suis enceinte.

Le docteur Broyard étouffa un petit cri de triomphe. Elle l'aurait parié !

– Tu en es sûre ? fit-elle, la voix sucrée.

Le tutoiement parut soudain déplacé à Violaine.

– J'ai fait un test, répondit-elle à contrecœur.

– Tu ne prends donc pas la pilule ?

– Non.

– Pourquoi ?

– … fait grossir, marmonna Violaine.

– La grossesse aussi, remarqua la doctoresse, tout à coup acide. Et le préservatif, ton petit copain sait s'en servir ? Au fait, tu as un petit copain ou c'était juste un coup de tête ?

– Un peu des deux.

– Ça n'a pas beaucoup de sens…

Elle soupira puis reprit :

– Mais tu vois où ça te conduit ? À dix-sept ans, il faut la pilule ET le préservatif, ceinture et bretelles.

Adélaïde se leva d'un bond.

– Je… je vais attendre à côté.

– Si tu veux, lui répondit la doctoresse. Mais les conseils valent aussi pour toi.

La porte se referma sur Adélaïde et Violaine eut envie de fuir à son tour. Mais il lui fallait ce foutu papier. L'interrogatoire reprit. À quand remontaient les dernières règles ? Les avait-elle de façon bien régulière ? Tous les vingt-huit jours, trente ?

– Alors… comment envisages-tu ta situation ? dit enfin la doctoresse, baissant la voix pour inviter à la confidence.

– Je ne veux pas… Je veux une…

Elle ne trouvait plus l'expression appropriée.

– Je veux avorter.

– Tu en as parlé avec tes parents ? Ta mère est au courant ?

Violaine écarquilla les yeux et fit signe que non.

– Tu es mineure, dois-je te le rappeler?

Elle laissa passer un silence.

– Mais je croyais, commença Violaine sans pouvoir continuer.

– Oui? Tu croyais...?

Le docteur Broyard eut un petit ricanement:

– Oh, peut-être, oui, si tu vas au Centre de planification familiale, ils te feront ça sans accord parental. Ce sont des distributeurs de pilules du lendemain. Alors, pourquoi pas une IVG à la sauvette? Mais est-ce que tu sais qu'il y a des risques dans un avortement? Que tu choisisses – si on peut parler de choix – une IVG médicamenteuse ou par aspiration, avec ou sans anesthésie, locale ou générale (et là, je ne te parle même pas de la douleur), est-ce que tu sais qu'il y a des risques d'hémorragie, de perforation, d'allergie, de malaise vagal, d'embolie gazeuse, de stérilité définitive, de traumatisme psychique? Et si quelque chose t'arrive à l'hôpital ou même chez toi, dans ta chambre, et que tes parents ne sont pas prévenus?

Violaine se mit à pleurer. La doctoresse pensa avoir rempli son rôle: responsabiliser une bécasse qui prenait l'avortement pour un mode de contraception.

– Crois-tu que tu peux parler de tout ça avec ta mère ?

– Sais pas, hoqueta Violaine.

– Ce serait bien que vous veniez me voir ensemble. Cette affaire ne regarde pas Adélaïde, tu comprends ? Ce n'est pas elle qui peut t'aider dans ce moment difficile de ta vie.

Elle prenait à présent un ton de commisération et Violaine, après avoir pleuré de terreur, pleura sur elle-même. La doctoresse lui tendit sa boîte de Kleenex. Elle était certaine de faire le bon geste au bon moment. Violaine se moucha, piteuse comme une petite fille tombée de haut.

– Bien, conclut la doctoresse, tu es au tout début de ta grossesse (si tu ne t'es pas trompée, bien sûr). Il n'y a pas lieu de se précipiter. D'ailleurs, les IVG médicamenteuses demandent une maturité qu'on a rarement à ton âge. La méthode chirurgicale sera préférable. Prends le temps de parler avec ta maman. Après, revenez me voir toutes les deux. Tu vois, c'était ça, la bonne démarche à faire. Et laisse Adélaïde tranquille. Tu n'as pas à la perturber avec un problème qu'elle ne peut pas prendre en charge.

Le docteur Broyard reconduisit Violaine jusqu'à la porte de son cabinet et lui tendit la main.

Violaine ne put faire autrement que de la serrer. Dans la salle d'attente, Adélaïde récupéra une loque. Son amie.

Elles marchèrent en silence dans la rue. Violaine reniflait de temps en temps.

– Tu as le papier? demanda enfin Adélaïde.

– Non.

Puis dans une explosion:

– C'est une grosse conne!

– Excuse-moi, bredouilla Adélaïde, je croyais qu'elle était sympa. Mais j'irai plus jamais chez elle.

La vengeance était maigre.

– Je la hais.

– Oui, mais pour le papier? la relança courageusement Adélaïde. Le mieux, ce serait ton père. En plus, il est presque au courant.

– Non.

Elle se butait. Mais il n'y avait plus d'issue.

– Je vais me tuer.

– Dis pas ça.

Elles se prirent par la main. Adélaïde cherchait comment remettre son amie à flot. Une diversion. Une plaisanterie. Des bonbons?

– Oh, tiens, c'est Claire's, dit-elle en pilant

devant un magasin de la célèbre chaîne de bimbeloterie. Tu ne voulais pas des boucles d'oreilles ?

Violaine haussa une épaule, pff, tu parles d'une idée, mais elle regarda tout de même la vitrine.

– Celles-là, les créoles avec des perles au milieu, lui fit remarquer Adélaïde.

– Pas mon style, bougonna Violaine.

Mais elle se mit à examiner plus attentivement les bijoux.

– On entre ? proposa Adélaïde sans mettre trop d'enthousiasme dans sa voix.

– Mmm.

Elles entrèrent et décrochèrent des présentoirs des pendants d'oreilles dorés ou argentés, des papillons, des fleurs, des cœurs, elles rejetèrent leurs cheveux, firent des essais en portant les bijoux à hauteur de leurs oreilles. Violaine était si touchante avec ses yeux brillants et ses pommettes rougies. Parfois, un soupir, presque un sanglot, s'échappait de ses lèvres.

– Celles-là, elles te vont super bien, l'encouragea Adélaïde.

– Les bleues ?

– Elles sont violettes plutôt. Comme tes yeux.

Violaine fit la moue. Comme toujours, elle hésitait. Elle aimait les petites grenouilles en caoutchouc, les tortillons argentés, et puis aussi les bleues qui étaient violettes.

– Je sais pas lesquelles prendre. Tu choisirais quoi, toi, à ma place ?

Adélaïde désigna les pendentifs violets. Violaine les reposa, essaya autre chose. Des triangles.

– Sophistiqué, dit son amie.

– Et toi, tu en achètes ?

– Si tu ne veux pas les violettes, je les prends.

Violaine se décida pour les grenouilles, déjà certaine qu'elle se trompait.

Quand elle sortit du magasin, elle s'aperçut que son chagrin l'attendait sur le trottoir, comme un chien. Adélaïde lui passa le bras autour des épaules, l'embrassa sur la joue et lui tendit le petit paquet de chez Claire's.

– Tiens.

C'était rien. C'était beaucoup. C'était le signe qu'on pouvait se tromper et avoir un jour ce qu'on voulait.

– Oh, je sais ! s'exclama Violaine. Je vais aller voir l'associé de papa.

Voilà ce qu'elle était : une cliente pour Chasseloup.

5

Décidément, c'est une histoire d'ascenseur

Chasseloup était célibataire, mais il ne vivait pas seul. Deux ans auparavant, il avait découvert en soulevant le couvercle de la poubelle de son immeuble une petite chose qui remuait un peu au milieu des ordures ménagères. C'était un jeune chat mal tué, dont les chances de survie parurent très minces au médecin. Il n'eut cependant pas le cœur de lui refermer le couvercle sur la tête, il l'attrapa par la peau du cou et le monta chez lui au troisième étage. Contre toute attente, le chaton se remit de ses diverses fractures et blessures. C'était un gouttière. Il lui manquait un bout de queue et la moitié d'une oreille. Pas vraiment un chat de concours, donc. Restait à lui trouver un nom, puisqu'il n'était pas mort. Vianney était un tempérament méditatif, mais il n'avait pas d'imagination.

Ayant trouvé le chat dans une poubelle, il l'appela Poubelle.

Dès que Poubelle commença à prospérer, le quotidien du docteur Chasseloup s'en trouva nettement égayé. Dès le matin, au sortir du sommeil, il lui fallait faire très attention à l'endroit où il poserait le pied ou la main, car Poubelle s'installait dans des endroits assez inattendus, sur les chaussons de Chasseloup ou pelotonné contre son réveil. Les chats, c'est connu, détestent être troublés dans leur somme et, si Chasseloup avait le malheur de l'effleurer du bout du pied ou du bout des doigts, il se récoltait immédiatement un méchant coup de griffe. Car il nous faut avouer cette triste chose : Poubelle n'était pas un chat reconnaissant. Vianney ne lui en tenait pas rigueur, il avait lu tous ces livres de psychologie qui vous expliquent que, si les enfants sont odieux, c'est parce que leurs parents sont des vilains. La prime enfance de Poubelle, qui s'était achevée au milieu des épluchures de légumes, n'avait pas dû l'épanouir.

Ce samedi matin, Vianney était tout content à l'idée d'aller travailler et de sacrifier sa grasse matinée au docteur Baudoin. Il posa sur la table le gros bol blanc, la baguette, le lait, le beurre, puis regarda s'écouler le café. Quand il revint, la cafetière à la main, pour s'asseoir à sa place, Poubelle l'avait déjà prise, bien lové sur le coussin, avec toute l'apparence du chat qui dort. Mais un frémissement suspect du côté de son oreille intacte avertit Vianney du danger qu'il y aurait à avancer la main pour le déloger. Il mit donc le bol, le pain, le lait, le beurre à l'autre extrémité de la table, et s'assit avec le sourire satisfait du type qui ne s'est pas fait piéger.

Il beurra sa tartine, la plongea dans son café et y planta sa solide denture. À l'instant même où le pain ramolli toucha son palais, il tressaillit, attentif à ce qui se passait soudain d'extraordinaire en lui. Un chagrin étrange l'avait envahi, sans la moindre cause, qui lui ternissait cette belle matinée à venir. Il avait cessé de se sentir utile, content, partant. D'où lui venait cette peine ? Elle était liée au goût de la tartine trempée dans le café. Il y mordit une seconde fois, mâcha, grimaça. C'était mauvais. Il lui semblait avoir déjà vécu cet instant-là et il cherchait à le repêcher au fond de sa mémoire. Il allait reprendre le cours de son petit déjeuner quand, tout à coup, le souvenir lui apparut.

C'est un dimanche matin, dans l'appartement au-dessus de la triperie. Il flotte dans la cuisine une odeur de café trop chauffé. Un petit garçon solitaire ouvre la porte d'un vieux réfrigérateur qui lui livre ses entrailles. Tout en haut, sous le bac à glaçons, de gros rognons se serrent contre un boudin figé dans son sang noir. À l'étage du dessous, deux petites cervelles d'agneau coupées en lamelles voisinent avec une tranche de foie de veau, gluante comme une limace. L'enfant a faim, mais il est incapable de tendre la main vers cette nourriture infâme. Il referme la porte du réfrigérateur et laisse errer son regard autour de lui.

Sur le gaz, attendant peut-être d'être réchauffée, il y a une casserole fermée par un couvercle. L'enfant s'approche, raide, méfiant. Son cœur se met soudain à battre follement, sa bouche salive. Et si c'étaient des nouilles? Il rêve de nouilles, même froides, compactes, agglutinées. Du bout des doigts, il repousse un peu le couvercle et un cri d'horreur s'échappe de ses lèvres. À l'intérieur de la casserole, bien gentiment farinés, des escargots sont en train de crever tout en faisant des bulles.

Enfin, l'enfant aperçoit – ultime espoir – les débris du petit déjeuner de pépère Boudin, un peu de café dans un bol blanc, une croûte de pain et du beurre dans une coupelle. Un festin! Jetant un regard craintif derrière lui, il tartine le pain de beurre, vite, il le trempe dans le café pour le ramollir et le porte à ses lèvres. Pouah ! Dans la coupelle, c'était du beurre à l'ail, une friandise pour les escargots.

Vianney jeta un regard peiné à sa tartine. Comment pouvait-elle faire revenir ainsi son enfance martyrisée ? Il remarqua alors la couleur peu engageante du beurre, d'un jaune trop prononcé. Il le renifla. Pouah ! Il avait ranci. Vianney se leva, attrapa la tartine et le beurre, passa le tout au vide-ordures et, comme lorsqu'il avait huit ans, se passa de petit déjeuner.

– Bon, dit-il en se tournant vers son chat. À ce soir, Poubelle !

Le chat agita son oreille et demie comme une personne importunée.

Dès qu'il fut dans la rue, Vianney sentit vibrer son portable dans sa poche de pantalon.

– Ah, ça, c'est... murmura-t-il, puis à voix haute : madame Pézard ?

– C'est vous, docteur ? Oh, je suis bien contente ! Je me faisais un de ces soucis : j'ai mangé des gésiers de poulet !

Vianney eut l'impression que le vieux réfrigérateur s'ouvrait de nouveau. Il en resta interloqué.

– Allô ? Vous m'entendez, docteur ? J'ai mangé des gésiers en salade.

– Et puis ?

– Mais... la grippe aviaire ! Ils en ont encore parlé tout à l'heure à la radio.

– Oh, bien sûr, la grippe aviaire !

– Déjà que je mange plus de viande folle, enfin, plus de bœuf... Qu'est-ce que je fais des gésiers qui me restent ?

– Vous les jetez, lui répliqua Vianney, dégoûté.

Ce samedi matin, le docteur Chasseloup entra d'un pas conquérant dans le cabinet médical. Tout l'espace lui appartenait. Même Josie Molette était en congé. Mais en passant devant la porte du docteur Baudoin, il étouffa ses pas et faillit marcher sur la pointe des pieds.

Une fois dans son propre bureau de consultation, il alla droit vers le serment d'Hippocrate. Les mains dans le dos, il médita sur ces quelques mots :

« Je donnerai mes soins gratuits à l'indigent et n'exigerai jamais un salaire au-dessus de mon travail. »

La sonnerie de la porte d'entrée le troubla dans sa méditation. 8 h 30. Un patient très matinal s'installa directement dans la salle d'attente et Vianney pria Hippocrate de bien vouloir l'excuser. Le devoir l'appelait.

– Monsieur ?

Un petit homme d'une soixantaine d'années se leva de sa chaise, l'œil furibond.

– Monsieur Bonpié. Je viens voir le docteur Baudoin.

– Il n'est pas là, aujourd'hui.

– Mais c'est une urgence ! Il a failli me faire crever avec son médicament.

– Docteur Chasseloup, se présenta Vianney. Je remplace (dans la mesure du possible) le docteur Baudoin. Si vous voulez bien…

Il lui fit signe d'entrer. Le petit homme en colère parut hésiter. Il était venu pour déverser sa rage sur son médecin traitant. Mais, après tout, celui-là ferait tout aussi bien l'affaire. Il entra dans le bureau de Vianney, s'empara de la chaise arthritique et s'y laissa choir, produisant un effrayant craquement.

– C'est quoi, ça ? s'écria-t-il en se redressant à demi.

Vianney lui répondit avec une calme conviction :

– C'est une chaise. Que puis-je faire pour vous, monsieur ?

Bonpié se racla la gorge, soudain gêné par ce regard posé sur lui d'une douceur à peine humaine. Un extraterrestre ? Ou un crétin ?

– Oui… je… bon… hmm… Votre collègue, il m'a refilé un truc… que j'ai pris hier soir. Et tout de suite après, mes mains se sont mises à trembler, j'avais le cœur qui battait à cent à l'heure, et je me suis presque évanoui. Enfin, j'ai eu très peur. Et… hmm… ma… ma femme aussi.

– Mais qu'est-ce que vous avez pris ? lui demanda Vianney.

Un silence.

– Du Viagra.

Un silence.

– … Que vous avait prescrit le docteur Baudoin ?

– Absolument.

Un silence.

– Vous avez des problèmes d'érection ?

– Pas du tout. C'était juste… un petit stimulant.

Bonpié essaya un clin d'œil, mais se sentit intensément minable.

– Le Viagra est un médicament, l'informa Vianney d'un ton neutre. Comme tout médicament, il peut avoir des contre-indications et entraîner des effets secondaires.

– Ah bah, ça, je vous crois, je m'en souviendrai, des effets secondaires ! s'écria Bonpié, qui préférait ne retenir que la fin du discours. Il y a de quoi faire un procès !

– Je souhaiterais vous examiner, lui répondit Vianney. Si vous voulez bien vous déshabiller...

La colère de Bonpié lui retomba dans les chaussettes. En fin d'examen, Chasseloup lui prit sa tension.

– 16,10. C'est habituel chez vous ?

– Je sais pas. Ça fait un moment que j'ai pas vérifié.

Vianney haussa les sourcils de surprise. On ne pouvait prescrire du Viagra sans prendre la tension du patient. Il se sentait de plus en plus perturbé par ce qui ressemblait à une faute professionnelle de la part du docteur Baudoin.

– Il est possible que vous soyez encore ému par ce qui vous est arrivé, conclut-il. Possible aussi que vous soyez hypertendu. Il faudra que vous signaliez ce problème au docteur Baudoin.

– Parce que vous croyez que je vais revoir cet abruti ? répliqua Bonpié.

« Cet abruti » ! Vianney crut que le sol se ramollissait sous lui. Après le départ de Bonpié, le cœur en ébullition, il fit une nouvelle station devant le serment d'Hippocrate: «Admis dans l'intérieur des maisons, mes yeux ne verront pas ce qui s'y passe. Ma langue taira les secrets qui me seront confiés.»

9 heures. Il entrouvrit la porte de la salle d'attente et aperçut trois personnes. Il comprit qu'il allait devoir accélérer le rythme s'il voulait être ensuite à l'heure pour sa consultation au Centre de planification familiale.

Tandis que Vianney recevait au pas de charge la clientèle du docteur Baudoin, Violaine se faisait sermonner par le docteur Broyard, marchait au hasard des rues, achetait des boucles d'oreilles chez Claire's et prenait toute seule sa décision:

– Je vais aller voir Chasseloup.

– Ça existe comme nom? s'étonna Adélaïde.

– Ma sœur l'appelle Chasselouche. D'après papa, c'est pas une lumière. Mais bon. C'est pas compliqué de signer un papier.

– Tu n'as pas peur qu'il aille tout raconter à ton père?

– Il est tenu au secret médical, répliqua sèchement Violaine.

Elle consulta sa montre. Midi moins le quart.

– J'ai trop trop faim.

Adélaïde coula un regard sur le ventre de son amie. Elle avait entendu dire que, dans ces cas-là, on mangeait pour deux.

– Y a un McDo' pas loin.

– Mmm, approuva Violaine.

Adélaïde sourit en l'imaginant attablée devant deux Big Mac, deux frites et deux Coca.

– Tu te sens comment ? voulut-elle savoir.

– Envie de gerber. Et faim.

– Oui, mais à part ça ?

– Bizarre. Je me fais l'effet d'une bimbo.

Adélaïde lui jeta un nouveau regard de côté, mais cette fois-ci à hauteur des seins.

– C'est vrai que…

Elles rirent toutes les deux et Violaine se redressa, projetant ses seins de façon avantageuse.

– En fait, je me sens… plus femme.

Elle se tut, décontenancée par cet aveu. Mais elle avait bien l'impression que ses hanches avaient pris du galbe et son ventre un joli arrondi. Adélaïde sentit flamber sa curiosité. Elle regretta de ne pas s'être mieux documentée sur Internet.

– Tu sais à quoi ça ressemble ? C'est microscopique, non ?

Violaine secoua la tête. Non, un truc microscopique ne lui ferait pas tant d'effet.

– Mais ça n'a pas de forme ? s'inquiéta Adélaïde.

– C'est comme un têtard.

Et Violaine comprit pourquoi elle venait d'acheter des grenouilles chez Claire's.

– Ce que je me demande, poursuivit-elle, c'est à quoi ça ressemble quand ça passe.

Adélaïde coupa court aux fantasmes :

– C'est comme des règles. Juste un peu plus.

Violaine soupira profondément.

– Ça va me faire du bien de manger.

Elle poussa la porte du McDo' et se prit en pleine face l'odeur caractéristique du fast-food. Elle recula si précipitamment qu'elle heurta Adélaïde.

– Horrible, gémit-elle.

Elles se retrouvèrent sur le trottoir et Violaine laissa éclater son désespoir :

– Mais comment je vais faire si je peux plus manger !

Et aller en cours ? Et à la cantine ? Elle attrapa Adélaïde par le bras et le lui serra :

– Dis-moi. Est-ce que ça se voit ? Hein, sur mon visage ?

– Mais non. Mais tu es folle.

– Tu ne me trahiras pas, hein ? Tu ne diras rien aux autres ?

– Moi aussi, je suis tenue au secret, lui répondit Adélaïde avec une certaine véhémence.

Violaine se calma un peu.

– Et puis, si tu veux, ajouta Adélaïde, je peux me faire mettre enceinte. Comme ça, on vivra la même chose.

– Dis pas de conneries.

Adélaïde ne se vexa pas. De fait, c'étaient des conneries. Soudain, Violaine porta la main à son ventre.

– Oh, j'ai envie, j'ai envie de…

Elle se plia en deux au-dessus du caniveau et se mit à hoqueter. Elle voulait vomir, mais elle était à jeun. Un goût de bile lui envahit la bouche tandis qu'elle crachait.

– Ça ne va pas ? fit une voix.

Adélaïde, qui soutenait son amie, leva la tête et aperçut une brave dame de la police municipale.

– C'est rien. Elle a avalé de travers. Mais ça passe.

– Vous êtes sûres ? insista la policière.

– Oui, oui, bredouillèrent-elles toutes deux en s'éloignant, avec la vague crainte qu'être enceinte à dix-sept ans ne soit considéré comme un délit.

Dès qu'elles furent hors d'atteinte de la police, Violaine fut prise d'un malaise. Elle transpirait, son cœur battait à tout rompre.

– Assieds-toi, assieds-toi, la supplia Adélaïde en l'entraînant vers un banc.

– Je suis toute faible, geignit Violaine en s'affaissant.

Adélaïde ne l'avait jamais vue si blanche.

– Il faut que tu manges quelque chose. Il n'y a rien qui te ferait plaisir ?

Elle avait entendu parler des envies de femme enceinte et elle espéra que Violaine n'allait pas lui réclamer des toasts au caviar ou un sorbet au maracuja.

– Des cachous Lajaunie, murmura Violaine d'une voix mourante.

– Ah bon ? fit Adélaïde en regardant autour d'elle si un distributeur de cachous n'avait pas été récemment installé dans le quartier.

Mais le distributeur près de la pharmacie ne proposait que des préservatifs.

– Peut-être à Franprix ? Je peux aller voir...

– Non, me quitte pas. Attends.

En s'appuyant sur l'épaule de son amie, Violaine se releva et respira à fond.

– Ça va mieux.

La pensée des cachous Lajaunie l'avait ranimée.

À l'entrée du supermarché, elle faillit flancher de nouveau. Elle n'avait jamais remarqué à quel point l'odeur d'un Franprix pouvait être pénétrante. Elle en était souillée. Elle se pinça le nez et respira, la bouche ouverte.

– Là, j'en vois ! hurla Adélaïde.

Elle courut jusqu'aux caisses et rafla quatre boîtes de cachous Lajaunie. Si Violaine ne pouvait plus rien manger d'autre, autant faire des provisions.

Dès qu'elles furent dehors, Adélaïde secoua frénétiquement la petite boîte au-dessus de la paume de son amie.

– Mais pas tant ! protesta Violaine.

Toutes deux gobèrent plusieurs cachous et poussèrent un soupir de délivrance. La réglisse faisait terriblement saliver Violaine, mais elle parvint à déglutir.

– Tu crois pas qu'il faudrait aller voir Chasseloup maintenant ?

– Mmm, approuva Violaine.

Midi et quart. Il n'y avait plus qu'un seul patient dans la salle d'attente, rue du Château-des-Rentiers.

– Monsieur Lespelette ?

L'homme se souleva de sa chaise, incertain.

– Heu… je viens voir le docteur Baudoin.

Toute la matinée, Vianney avait dû affronter des gens déçus et parfois irrités de ce que leur médecin traitant leur ait fait faux bond. Il avait conseillé aux uns de manger moins gras, aux autres d'arrêter de fumer. Les patients du docteur Baudoin, habitués aux nombreuses analyses (à faire aux laboratoires Sol), l'avaient écouté avec une certaine incrédulité. Un docteur, ça ? Mais ils en savaient aussi long que lui ! Et Vianney les avait achevés en leur recommandant un peu de pchitt pour se déboucher le nez, « vous savez, de l'eau de mer ? », et une tasse de lait chaud pour s'endormir, « mais vous devriez éviter les films violents le soir ».

– Je sais que vous veniez voir le docteur Baudoin, monsieur Lespelette, dit Vianney. Mais il n'a pas pu se libérer.

Si les patients précédents avaient eu l'air contrarié, celui-ci prit une expression désespérée.

– Mais j'ai les résultats de mes examens !

– Entrez, entrez, monsieur Lespelette. Je vais voir ce que je peux faire pour vous.

Le pauvre homme, une fois assis, lui tendit une

liasse de papiers à l'en-tête des laboratoires Sol. Vianney les parcourut, les sourcils froncés, à la recherche de l'anomalie révélatrice. Peut-être allait-il tomber sur un beau cas médical, celui dont il avait rêvé pendant ses années d'étude? Mais il dut se rendre à l'évidence en reposant le bilan, tout était parfaitement normal.

– Bon, dit-il en relevant les yeux. Vous allez bien, monsieur Lespelette.

Sa voix tout d'abord pleine d'entrain fléchit en fin de phrase. L'homme semblait traqué.

– J'ai failli mourir cette nuit, répliqua-t-il d'un ton de reproche.

Allons bon, encore un!

– Que vous est-il arrivé, monsieur Lespelette?

– Ma femme a dû appeler le SAMU. Je me suis réveillé en pleine nuit, sans avoir fait de cauchemar, rien. J'avais très mal, là.

Il porta la main au niveau du sternum.

– J'ai tout de suite pensé à l'infarctus. Enfin, quand je dis «penser», je m'avance. Je n'étais plus en état. J'ai crié à ma femme: «Appelle le SAMU!» J'étouffais, je me sentais partir.

À revivre la scène, il en claquait des dents.

– Ma femme a mis un temps fou à raconter ce

qui m'arrivait au type des urgences. Après, il a voulu me parler pour que je lui détaille mes symptômes au téléphone. Moi, je pouvais que répéter: «Je vais mourir, je vais mourir.»

De l'autre côté du bureau, Vianney agitait nerveusement un genou, impatient d'intervenir. Il connaissait déjà le diagnostic.

– Et donc, le SAMU est passé?

– Oui, enfin... des pompiers à ce qu'il m'a semblé. Et un médecin, un gars qui posait des questions. Je ne sais pas ce que je lui ai répondu. Je n'avais pas l'impression d'être là.

– Il vous a pris la tension?

– Oui. Je crois que c'était normal. En fait, il ne m'a rien dit d'intéressant. Il a voulu savoir quels médicaments je prenais. Je croyais qu'on allait m'embarquer en ambulance. Mais non, il m'a dit de consulter mon médecin au plus tôt.

– Et vous vous êtes rendormi?

Lespelette parut perturbé, presque honteux.

– Oui...

Vianney se maîtrisa pour ne pas avoir l'air triomphant en énonçant son diagnostic:

– Vous avez été victime d'une attaque de panique, monsieur Lespelette. C'est courant, impressionnant et bénin. Vous avez réellement éprouvé ce que vous venez de décrire, mais vous n'avez aucune maladie cardiaque. Maintenant, j'aimerais vous poser quelques questions.

Vianney l'interrogea sur les médicaments que lui prescrivait le docteur Baudoin. Un anxiolytique et un somnifère. Puis il le questionna sur ses antécédents médicaux, les maladies graves dans sa famille, sa situation familiale actuelle.

Et enfin son travail. La voix de Lespelette se mit soudain à chevroter.

– Je travaille au Crédit de l'Est.

– Et ça se passe bien ?

Une bizarre lueur traversa les yeux de Lespelette. Il ricana.

– Très bien. C'est juste que je me sens devenir fou.

Il se pencha vers l'avant, tirant de sa chaise une plainte inquiétante.

– Elle va me rendre fou.

Vianney tressaillit et marmonna :

– Qui ça ?

– Ma…

Lespelette ricana encore avant de cracher :

– … chef.

Il se rejeta en arrière comme un pantin désarticulé.

– Elle me donne dix dossiers à traiter en même temps, tous urgents, et elle me les reprend parce que je n'avance pas. Elle entre sans arrêt dans mon bureau pour me demander une enveloppe timbrée ou un numéro de téléphone ou un courrier introuvable. Je suis sûr qu'elle me confie des lettres et qu'elle les récupère en cachette. Elle a fait retirer la porte de mon bureau pour ne pas perdre de temps en frappant. Comme ça, elle peut me surveiller. Elle est dans le bureau d'en face. Elle compte les fois où je me lève pour aller faire pipi.

Il se prit la tête entre les mains.

– Et je ne peux pas me défendre ! Personne ne me croit. En façade, elle est irréprochable. Il y en a même qui la trouvent sympathique. Alors, ça m'arrive de penser que je suis parano.

Vianney écoutait, ses grands yeux doux de plus en plus exorbités.

– Vous ne me croyez pas, n'est-ce pas ? lui lança Lespelette.

– Oh, si ! J'ai connu quelqu'un comme ça.

Un si brave homme. Toujours prêt à rendre service aux clientes de la triperie. Avec son sourire bonasse. Sa voix sans timbre. Ses yeux éteints.

– Il a bien failli avoir ma peau.

– Alors, vous… vous me croyez? bredouilla Lespelette.

– Je vous crois en danger.

Vianney jeta un coup d'œil à sa montre. Une heure moins vingt. On l'attendait au Centre de planification familiale.

Sur une feuille de son ordonnancier, il nota un nom et une adresse.

– Voilà. C'est un psychiatre. Le professeur Michel Drumont.

Lespelette se cabra :

– Je suis fou ?

– Non. Elle ! Elle est folle.

Lespelette hésitait à prendre la feuille tendue.

– Allez-y de ma part, insista Vianney. Sans Michel Drumont, je ne serais pas là pour vous parler.

La fin de la consultation fut un peu brouillonne. Lespelette empocha le papier, signa un chèque, puis les deux hommes se levèrent et se serrèrent la main.

– Bonne chance, dit l'un.

– Bon courage, dit l'autre.

Et peu importe qui était l'un, qui était l'autre.

À une heure moins dix, Vianney prit l'ascenseur

et, arrivé au rez-de-chaussée, il en poussa brusquement la porte.

– Je vous ai fait peur?

Il avait failli heurter une jeune fille que semblait soutenir une amie.

– Oh non, ça va.

À la vérité, elle paraissait aller si mal que Vianney voulut lui demander: «Que puis-je faire pour vous?»

Mais il était décidément en retard. Il se contenta d'un sourire désolé et Violaine reconnut en lui le jeune homme aux yeux d'âne. Elle songea qu'il devait habiter l'immeuble.

Quand elle sonna à la porte du cabinet médical, personne ne vint lui ouvrir.

6

Vianney se fait peut-être des illusions

Stéphanie passa la tête par la porte :

– Mais tu n'es pas encore levée, Violaine ? Mamie est là. Elle veut voir le bébé.

Violaine se décolla de son oreiller, à demi hébétée :

– Mais je ne sais pas où il est !

– Si tu rangeais tes affaires, aussi, gronda mamie.

Elle est habillée en jaune Lajaunie, mamie, elle qui s'habille en noir depuis qu'elle est morte.

– Tiens, il est dans ton tiroir ! triompha Stéphanie.

Elle tira le bébé par le pied.

– Il est mort ? s'informa Violaine.

Il a dû mourir étouffé sous les cahiers. Ah non, ouf, il est en plastique.

– C'est Colin, mamie, le reconnut Violaine. Tu

te rappelles ? Tu me l'as donné à Noël. Et après, tu es morte.

Tout le monde meurt dans cette vie. Ce n'est pas la peine de naître. Sur cette réflexion encourageante, Violaine ouvrit grands les yeux. Et voilà, c'était le matin, elle était enceinte pour la journée. Elle ne pouvait pas mettre ça de côté deux minutes. Elle avait mal au cœur et deux heures de philo pour commencer. Une pensée la traversa : il y avait des somnifères dans la pharmacie. Sa mère en prenait depuis qu'elle avait eu son petit problème. Violaine avait aussi un petit problème – qu'on pouvait régler avec une bonne dose de somnifère.

Elle réussit à se mettre sur son séant. Ses seins étaient lourds, tendus, douloureux. Quand elle posa les pieds sur la moquette, tout se mit à tourner. C'était trop affreux d'être enceinte. Jamais elle ne le serait, jamais. À part maintenant. Elle se traîna jusqu'à sa penderie et chercha un sweat informe pour dissimuler sa poitrine. Comment allait-elle pouvoir cacher la vérité ? Et aller en cours sans manger ? Les questions se succédaient, sans réponse.

– Envie de vomir, envie de vomir, dit-elle entre ses dents.

Elle se serait tapé la tête contre le mur. Elle trouva encore la force de se précipiter aux toilettes et se mit à cracher au-dessus de la cuvette.

– Toi aussi ! s'écria Stéphanie dans son dos. Ta sœur a mal au ventre…

L'épidémie de gastro allait faire des ravages. Stéphanie posa la main sur le front de sa grande fille.

– Tu as de la fièvre, affirma-t-elle.

Dans le fond, ça l'arrangeait. Elle pouvait laisser Cerise à la garde de sa sœur aînée. Elle organisa tout en femme d'affaires qu'elle était. Les médicaments ici, le riz et le jambon là.

– Je préviens l'école, mes chéries, et je vous appelle tout à l'heure.

Le silence retomba sur la maison. De temps en temps, Violaine entendait le tap-tap des pieds nus de sa sœur qui se rendait aux toilettes. À dix heures cinq, le petit portable fit entendre que « Voici venu le temps de L'île aux enfants. »

– Adélaïde ?

– Alors, t'es pas venue ?

– Gastro. C'est ce qu'ils croient. C'est la récré ?

– Oui. Superchiant, la philo.

Des larmes emplirent les yeux de Violaine.

Comme elle aurait voulu être en cours de philo, s'ennuyer, griffonner trois phrases, bâiller en regardant par la fenêtre ! Mais quel bonheur, le lycée !

– Bon, j'ai les renseignements, reprit Adélaïde à voix basse. Le Centre de planification machin, c'est de 14 heures à 17 heures, et il n'y a pas besoin de prendre un rendez-vous. On peut y aller cet aprèm.

– Oui, et qu'est-ce que je fais de ma sœur ? répliqua Violaine, hargneuse.

– Tu lui expliques.

– Je lui explique quoi ?

Adélaïde ne put s'empêcher de soupirer. Mais quel boulet !

– Écoute, je passe à deux heures. Là, il faut que j'y aille. Ça sonne. À tout à l'heure ?

Pas de réponse.

– Courage, chuchota Adélaïde. Je suis là, tiens bon.

– Ouiii, sanglota Violaine.

Elle laissa retomber sa tête sur l'oreiller comme une pierre s'écrase au sol. Puis somnola, sans jamais perdre la perception de sa nausée. À l'anniversaire de ses quinze ans, sa mère lui avait raconté qu'elle avait été « malade comme une vache » pendant les trois premiers mois de sa grossesse. L'expression avait d'autant plus heurté Violaine que Stéphanie avait eu une moue de dégoût en l'employant. À présent, c'était son tour, son tour d'être malade comme une vache. Soudain, et malgré elle, elle se mit à penser à l'enfant qu'elle portait. Pourquoi cette certitude que c'était un garçon? Elle posa la main sur son ventre. Évidemment, non, il ne bougeait pas. La veille, elles avaient surfé, Adélaïde et elle, pour voir à quoi ça ressemblait. Elles avaient calculé. Quand une femme s'aperçoit qu'elle n'a pas ses règles, la grossesse date déjà de deux semaines. Violaine avait laissé passer un peu de temps avant de faire le test de grossesse et encore un peu de temps depuis qu'elle l'avait fait.

– Mettons qu'il a quatre semaines, avait conclu Adélaïde.

À quatre semaines, c'est un rien du tout. Quelques cellules. Un embryon, ça ne pense pas, ça ne bouge pas, ça ne ressent rien. Ça n'a rien d'humain. Mais très vite, une forme apparaissait. Dès six ou sept semaines. « On aurait dit un nounours Haribo », songea Violaine. Rien que d'y penser, il lui vint une envie de serrer son nounours d'autrefois, un chagrin, un manque, un vide. Elle serra son oreiller.

Elle avait vu récemment le bébé de la marraine de Cerise. Un petit garçon de six mois avec de grands yeux bleu sombre. Elle l'avait pris contre elle. C'était tout léger, chaud, confiant, avec une bonne odeur de lait. Il s'appelait Guillaume. Mais elle, ce serait Vianney. Elle ne savait pas d'où lui venait ce prénom. Quand elle avait l'âge de Cerise et qu'elle découpait des enfants dans le catalogue des Trois Suisses en se racontant que c'étaient les photos des siens, elle choisissait de tout autres prénoms. Pour les filles, c'étaient Wassilissa, Nadège et Roselyne. Pour les garçons, Mathias, Léonardo et Jean-comme-papa. Elle en voulait six. Adélaïde huit. Elles se disputaient parfois parce qu'elles voulaient toutes les deux une Wassilissa.

– Violaine, tu veux pas manger ?

– Quoi ?

Cerise était entrée, encore un peu pâle dans sa robe de chambre.

– J'ai faim, c'est midi.

– Débrouille-toi, gémit sa sœur.

– Mais je sais pas faire cuire le riz, moi.

Le mot de « riz » suffit à mettre Violaine en colère.

– Débrouille-toi, je suis malade !

– Tu vas rien manger ?

– Non, non !

Dès qu'elle s'agitait, son cœur battait à tout rompre.

– Cerise, dans mon sac à dos, il y a des cachous. Une boîte jaune. Poche extérieure.

Elle parlait en haletant.

– Donne, vite.

Cerise obéit sans discuter. Elle agita la petite boîte et fit tomber trois cachous dans la paume de sa grande sœur.

– C'est tout ce que tu vas manger? dit-elle, ébahie.

– Mmm.

– T'as pas de chance.

– Ça, non, j'ai pas de chance, fit Violaine, plus enfantine encore que sa sœur. Je suis enceinte.

– Toi?

Cerise, qui s'était assise sur le bord du lit, en avait fait un petit bond en arrière.

– Oui, moi. Mais tu le racontes à personne. Ou je me tue.

– Mais ça va se voir, remarqua Cerise, l'esprit pratique.

– Non, je vais avorter.

Elle s'en voulut immédiatement d'avoir dit une chose pareille à une petite fille de huit ans. Elle aurait aimé ravaler ses mots, mais Cerise murmura:

– C'est quoi, avorter?

– C'est le… m'en débarrasser, bredouilla Violaine. Avec des médicaments.

– Le pauvre…

– Quoi ?

– Non, rien.

Elle, elle avait eu jusqu'à cinq bébés sur bébévallée.com. Mais un méchant était entré sur son compte et lui avait piqué ses berceaux. Alors, elle avait dû laisser les bébés en nourrice et elle ne savait plus comment les récupérer.

Elle n'avait confié ce drame à personne parce qu'elle savait bien que les grands trouvaient que c'était sans intérêt.

– Quand même, dit-elle d'un ton de réflexion, si maman, elle aurait pas voulu de moi, ça m'aurait fait de la peine.

Violaine laissa la phrase venir à elle, puis la submerger.

– Laisse-moi, chuchota-t-elle. Tu peux pas comprendre à ton âge.

Cerise s'éclipsa sur ses pieds nus, tap-tap.

Elle reparut dix minutes plus tard avec un plateau sur lequel elle avait joliment disposé une tartine beurrée, une tranche de jambon, une Vache-qui-rit, un yaourt, du raisin et une barre de chocolat aux noisettes. Violaine se redressa péniblement et sourit à sa petite sœur.

– Essaie, l'encouragea Cerise.

Violaine prit la tartine, y mordit, mâcha un peu et déglutit. Mais quel drôle de goût ! L'acidité du pain, le gras du beurre, tout était décuplé. Elle reposa la tartine, découragée.

– Un peu de chocolat ? lui proposa Cerise.

Violaine soupira et prit un grain de raisin. Deux, trois. Elle en recrachait la peau et les pépins.

– C'est bon ? s'enquit Cerise, qui ouvrait la bouche en même temps qu'elle.

Violaine n'avait rien pu boire depuis la veille et le jus du raisin lui faisait du bien. Elle avala ensuite trois cuillerées de yaourt puis se laissa aller contre l'oreiller, épuisée.

– Tu peux plus manger ? se désola la petite.

– Je me repose un peu. Laisse-moi le plateau.

Cerise se leva et courut jusqu'à la porte, tap-tap, pour aller manger à son tour dans la cuisine.

– Cerise ! la rappela Violaine.

– Oui ?

– Tu es gentille.

– Je suis ta sœur.

De son côté, le docteur Baudoin se passait de déjeuner pour recevoir Murielle, la visiteuse médicale des laboratoires Ferrier. La conversation portait sur les traitements de l'hyperactivité chez l'enfant.

– C'est vrai, admit Murielle, que nous avons eu quelques problèmes avec le Méthylphénidride. C'est pourquoi nous venons de sortir une autre spécialité…

– Vous avez raison de vous acharner, l'interrompit Jean. C'est un marché en pleine expansion. Demandez aux enseignants. En maternelle, les gosses montent sur les tables. À l'école primaire, ils parlent tellement qu'on ne sait plus qui fait cours. Et au collège, ils roupillent. Hyperactivité avec déficit de l'attention, vous couvrez tous les troubles avec votre machin.

Il désigna le sirop posé sur son bureau.

– Heu… oui, fit Murielle, sans savoir si le docteur Baudoin était sérieux ou pas. Notre nouvelle spécialité, le Thadaplus…

– Excellent! ricana Jean. Thadaplus! J'espère que vous allez nous faire une belle plaquette de promotion avec un slogan du genre: «Pour que votre enfant donne le meilleur de lui». Ce sera moins parlant que «Pour qu'il vous foute enfin la paix», mais les parents décoderont.

Murielle resta un moment interloquée, mais, habituée aux rebuffades, elle parvint à enchaîner :

– Et donc, avec le Thadaplus, nous n'avons plus les effets secondaires du Méthylphénidride : migraines, somnolence... On nous a signalé un seul cas de nausées, et encore il y avait eu surdosage.

Jean devint distrait. Le mot de « nausée » lui avait fait se souvenir de ses deux filles touchées par la gastro-entérite. Il avait hâte d'appeler chez lui et il expédia rondement Murielle.

– Allô, c'est toi, Cerise ?

– Ah, bonjour papa, fit la petite au téléphone.

– Comment tu vas ?

– Ça va, j'ai mangé.

– Passe-moi ta sœur.

Cerise aspira une bouffée d'air avant de mentir :

– Elle dort. Tu veux que je la réveille ?

– Non, non, qu'elle se repose. Bon, à ce soir, Minette.

Minette raccrocha. Elle était seule dans l'appartement. Jean raccrocha de son côté et s'aperçut qu'il ne tiendrait pas sans un café. Il sortit pour en réclamer un à sa secrétaire et croisa Chasseloup, qui était allé s'acheter un sandwich et y mordait à pleines dents.

– Pas eu le temps de déjeuner, fit Vianney, la bouche pleine.

Le docteur Baudoin posa sur lui des yeux dépourvus de toute expression. Mais il n'en pensa pas moins: « Quel manque de tenue! C'est gênant pour ma clientèle. »

– Vous pourriez manger dehors, observa-t-il froidement.

– Oh oui, excusez-moi, balbutia Vianney.

Jean lui tourna le dos. Par moments, Chasseloup avait l'impression que le docteur Baudoin ne l'appréciait pas beaucoup.

Vianney se sauva dans son bureau et finit d'engloutir son sandwich. Pour dissiper son malaise, il pensa à ce jour, béni entre tous, où il était allé assister à une table ronde sur le thème: « Médecine générale: quel avenir? » L'un des intervenants était le docteur Jean Baudoin. Vianney l'avait trouvé si drôle, si brillant qu'il était venu le complimenter après la conférence. Ils avaient pris un verre ensemble et l'incroyable s'était produit. Jean lui avait dit qu'il était surmené, qu'il se cherchait un jeune associé. Vianney était devenu cet associé et, depuis, il craignait de ne pas être à la hauteur. D'ailleurs, le docteur Baudoin avait eu raison de lui faire une observation : il aurait dû manger son sandwich dans la rue. L'heure n'étant plus aux regrets mais à l'action, il alla ouvrir la porte de la salle d'attente.

– Madame Rambuteau ?

La vieille dame attendait, toute serrée dans son manteau d'astrakan.

– Eh bien, que vous arrive-t-il encore ? fit gaiement Vianney, qui essaya de deviner. Mon médicament pour la constipation ne sert à rien ?

– J'ai la diarrhée.

– Oh ! Vous avez de la fièvre ?

– Sûrement, fit madame Rambuteau, qui ne laissait passer aucun symptôme disponible.

Chasseloup acquiesça. La vieille dame avait en effet les yeux brillants et les pommettes un peu roses.

– Il y a une épidémie de gastro-entérite en ce moment.

Il rédigea une ordonnance et insista surtout pour que sa vieille patiente se force à boire. Il lui fit comprendre que la déshydratation la conduirait tout droit à l'hôpital.

– Manquerait plus que ça, bougonna-t-elle. Avec ma fille qui vient me voir dimanche.

Elle avait annoncé la nouvelle sur un ton anodin, mais elle guignait Vianney du coin de l'œil.

– Mais c'est super ! se réjouit-il. Guérissez-vous vite, madame Rambuteau. Vous avez le temps d'ici dimanche.

Quand elle fut partie, Vianney se mit face au serment d'Hippocrate, les mains dans le dos :

– Tu vois, Hippo, je ne l'ai peut-être pas guérie de grand-chose, cette femme. Mais je l'ai aidée à se réconcilier avec sa fille. C'est ça, le plus dur. Se réconcilier.

Grâce au professeur Drumont, grâce au docteur Baudoin, grâce à deux médecins, Vianney avait l'impression de s'être réconcilié. Avec la vie.

7
Ni oui ni non

Adélaïde avait décidé de sécher le cours d'EPS. Comme elle avait dix-huit ans depuis peu, elle pouvait se faire son propre billet d'absence. Malgré tout, elle n'avait pas le cœur léger en se rendant chez Violaine. Si elle faisait un blocage et refusait d'aller au Centre de planification, Adélaïde ne voyait plus trop quel argument employer. Elle fut donc très soulagée de trouver Violaine tout habillée sur le pas de la porte.

– Tu as mangé ?

– Mmm… Regarde.

Violaine repoussa ses cheveux et découvrit les boucles d'oreilles bleues qui étaient plutôt violettes.

– Vraiment la couleur de tes yeux !

Violaine eut un sourire dont les coins tremblaient un peu. Elle se tourna vers Cerise :

– J'y vais. Si papa ou maman appellent, tu dis que je dors.

– T'en fais pas, répondit la petite. Bonne chance !

Dans l'ascenseur, le portable de Violaine entama « L'île aux enfants ».

– Marre de cette sonnerie, grommela-t-elle.

Elle regarda s'afficher le nom du correspondant. Domi. Comment ça, il n'était pas mort ?

– Tes parents ? chuchota Adélaïde.

– Non, c'est lui.

Elle éteignit son portable et le serra dans son poing comme si elle voulait le broyer.

– Qui ?

– Mais l'autre imbécile !

Elle l'effacerait de son répertoire, elle l'effacerait de son souvenir. Un cuisant souvenir. Il lui avait dit de monter prendre un CD qu'il avait gravé pour elle. « Comme ça, tu verras mon petit frère. » Mais le petit frère n'était pas là. Personne n'était là dans le grand appartement. Elle avait compris qu'il essayait de la piéger. Mais elle l'avait quand même suivi dans sa chambre pour ne pas avoir l'air de le craindre. La chaise étant encombrée de vêtements, elle s'était assise sur le lit. Le petit portable avait sonné « L'île aux enfants » et Violaine avait parlé avec Adélaïde du ton le plus décontracté. Pendant ce temps-là, Dom avait commencé les travaux d'approche et Violaine, pour le repousser, avait écourté sa conversation. Mais il s'était fait encore plus pressant, il avait dit : « T'es pas coincée quand même ? » Elle avait cédé pour ça, parce qu'elle savait par Adélaïde qu'on la disait « coincée ». Franchement, l'imbécile, c'était elle ! Mais plus jamais, plus jamais...

– Et donc, il est reparti dans son délire sur Kierkegaard et personne n'a rien compris.

Violaine s'aperçut alors que, depuis dix minutes, Adélaïde lui résumait les cours de la matinée et qu'elle n'avait rien écouté.

Elles franchirent le porche de l'hôpital et marchèrent un instant au hasard, au milieu du va-et-vient des ambulances et des voitures des visiteurs. Puis elles s'approchèrent d'un grand panneau d'information.

– « Mère et Enfant », lut Adélaïde, bâtiment D. C'est tout droit.

Elles franchirent un second portail, traversèrent une seconde cour, trouvèrent le bâtiment D et s'engagèrent dans le couloir fléché « Urgences pédiatriques», le mot d'urgence leur paraissant approprié. Quand elles se trouvèrent au pied d'un escalier, elles l'empruntèrent sans plus du tout savoir où elles allaient. Au premier étage, elles aperçurent deux vieillards dans des fauteuils roulants.

– C'est le service de gériatrie, souffla Violaine à l'oreille de son amie.

Elles étaient allées trop loin. Elles redescendirent, repassèrent le couloir et allaient quitter le bâtiment D, lorsque Violaine poussa un cri :

– Là !

Une pancarte défraîchie indiquait « Centre de planification et d'éducation familiale ». De l'autre côté de la porte, quelques chaises étaient alignées le long d'un mur. La petite pièce semblait tout entière occupée par une dame rondelette qui gesticulait en baragouinant :

– C'est son prémier, la pauvre, ma al est si pétite, qu'est-ce vous voulez ? C'est pas possibilé dé lé garder. Al a pas seize ans. C'est bien d'avoir des enfants, moi yé dis : c'est oune cadeau dé lé bon Diou…

Une infirmière antillaise en blouse blanche et sabots Scholl essayait vainement d'endiguer le flot de paroles.

– C'est son prémier, c'est ça, la misère. Ma al a pas fini dé grandir, il va la déchirer, moi, yé dis.

Une jeune fille était assise, muette, blanche et traquée, attendant que sa mère ait fini d'exposer son cas à la terre entière. Une porte aux vitres dépolies s'ouvrit et une dame, un peu agacée, lança :

– Pourriez-vous faire moins de bruit, madame ? Entrez, mademoiselle.

La jeune fille interrogea sa mère du regard :

– Ma vas-y, si al lé dit, la dame. Al va pas té manzer.

La femme aperçut alors Violaine et Adélaïde et leur sourit :

– Vous souhaitez un renseignement ?

– Voir un médecin, répondit Adélaïde.

– C'est le mercredi et le samedi uniquement. Mais je vais vous recevoir après la demoiselle. Asseyez-vous.

La porte se referma et la maman partit faire les cent pas dans le couloir. Violaine laissa errer son regard sur les murs. On y voyait des posters de femmes rieuses et de couples d'amoureux, assortis de ce propos judicieux :

LE PRÉSERVATIF PRÉSERVE DE TOUT, SAUF DE L'AMOUR.

Adélaïde s'assit, terrassée. C'était triste à mourir, cet endroit. Violaine restait debout, honteuse et de passage. Elle ne voulait pas être là, elle ne voulait pas.

– Assieds-toi, lui chuchota Adélaïde.

Elle lui obéit et chuchota, elle aussi :

– C'est qui ?

Elle désigna la porte fermée. Qui était cette femme si elle n'était pas médecin ? Adélaïde fit une moue d'ignorance.

Au bout de dix minutes, la maman revint et se mit à pousser des soupirs et à émettre des « ah là là » pour attirer l'attention des deux amies. Mais, comme elles n'avaient aucune envie d'entendre raconter les malheurs de quelqu'un d'autre, Violaine et Adélaïde regardaient soigneusement leurs souliers. Enfin, la porte se rouvrit et l'adolescente sortit, un énigmatique sourire lui fermant le visage. La femme s'approcha de la maman et lui annonça d'une voix très ferme :

– On se revoit vendredi. Elle a besoin d'un peu de temps.

– Dou temps por qué faire ?

Mais déjà la petite s'éloignait dans le couloir.

– Attends, Héléna, attends-moi ! gémit la maman en se lançant à ses trousses.

La femme se tourna vers Violaine et Adélaïde :

– Bonjour, je m'appelle Annie. Je suis la conseillère conjugale.

Violaine écarquilla les yeux. Une conseillère conjugale ? Mais c'était pour les vieux qui se font des scènes de ménage ! Les deux amies entrèrent dans le petit bureau, déjà persuadées qu'elles s'étaient trompées de porte.

– Alors, qu'est-ce que je peux faire pour vous ? leur demanda Annie.

Les deux filles restèrent muettes.

– Vous souhaitez des renseignements sur la contraception ?

Elle toussota puis suggéra :

– Vous avez peut-être un souci, l'une ou l'autre ?

Adélaïde désigna son amie :

– Elle est enceinte.

Ces simples mots firent rouler deux larmes sur les joues de Violaine.

– Ce sont des choses qui arrivent, dit doucement Annie. Quel âge avez-vous ?

– Dix-sept.

– Vous avez pu en parler avec vos parents ?

– Non.

– Et vous ne souhaitez pas les mettre au courant ?

– Non.

– Ni votre père ni votre mère ?

Violaine secoua la tête, farouche.

– Et votre ami ?

– C'est pas vraiment son ami, intervint Adélaïde. Elle ne l'aime…

– Je ne veux plus le voir, l'interrompit Violaine. En plus, il m'avait dit qu'il faisait attention ! Tu parles !

– Vous n'avez pas vu de médecin pour le moment ? demanda Annie.

– On a essayé, intervint encore Adélaïde. Mais elle lui a fait la morale et tout.

Annie se mit alors à parler d'une voix douce et unie qui ressemblait à un baume qu'on étalerait sur une plaie. Elle dit à Violaine qu'elle n'était pas la seule dans son cas. Elle prononça même le chiffre impressionnant de 200 000 IVG par an :

– Parce qu'on a oublié de prendre la pilule un jour, parce qu'on peut se retrouver enceinte sous stérilet, parce que le préservatif a craqué, parce que le copain va vous laisser tomber si vous gardez votre grossesse, parce qu'on a cru que, pour une fois, pour une seule fois…

– Et elle ne l'aime pas, s'entêta Adélaïde.

Annie hocha la tête et demanda à Violaine son prénom.

– Il faudra faire une prise de sang, Violaine. Vous avez eu un rapport non protégé qui a pu vous exposer au virus du sida.

– Je vais pas tout avoir quand même !

– C'est juste pour avoir l'esprit tranquille, lui répondit Annie.

Elle laissa passer un silence. Elle savait qu'il faut du temps, du temps pour accepter, du temps pour décider. Et que tout ça fait très mal. Deux nouvelles larmes roulèrent sur les joues de Violaine.

– Et... heu... pour la grossesse ? questionna Adélaïde, trouvant qu'on s'écartait du sujet.

Annie s'adressa à Violaine seule :

- Tu es sûre que tu ne peux pas en parler avec ta mère ?

– Mais elle ne s'occupe pas de moi ! Toujours avec ses histoires de labo. Et mon père, ce n'est même pas la peine ! Il me prend pour une attardée.

Violaine s'écoutait parler et elle était la première étonnée. Jusqu'à présent, elle n'avait jamais critiqué ses parents.

– Et qu'est-ce que vous souhaitez pour cette grossesse ?

Violaine jeta un regard de reproche à la conseillère conjugale. Pourquoi lui posait-elle cette question ? Si elle était là, c'était pour une IVG, non ?

– Mais j'en veux pas, fit-elle, le ton mauvais.

– Êtes-vous libre le mercredi après-midi, Violaine ?

– Oui.

– Alors, je vais vous prendre un rendez-vous avec le docteur Dubois. Carole Dubois. Elle vous fera une échographie pour vérifier l'âge de la grossesse et elle fixera avec vous la date de l'IVG.

Annie prononça distinctement cette dernière phrase. Elle savait que Violaine avait besoin de l'entendre pour retrouver sa liberté de penser. Un léger sourire vint animer son visage pétrifié par la douleur. Rendez-vous fut pris pour le mercredi à 15 heures.

– Avez-vous des questions à me poser ?

À ce stade de la conversation, les très jeunes filles voulaient généralement savoir si l'IVG faisait mal.

– C'est mal ? dit Violaine.

Annie crut avoir mal entendu :

– Est-ce que ça fait mal ?

Violaine fit non de la tête, mais ne trouva pas le courage de reposer sa question.

Adélaïde se fit son interprète :

– Elle pense que c'est mal d'avorter.

Annie ne cherchait pas à tout prix à effacer la culpabilité. Elle laissa pleurer Violaine. Puis :

– Ça veut dire quelque chose pour toi, cette grossesse ?

Le tutoiement lui était venu malgré elle. Violaine la regarda éperdument, comme si elle mendiait une parole qui la délivrerait.

– Toutes les petites filles pensent qu'un jour elles seront maman, reprit Annie. Elles jouent à la poupée, elles se cherchent des noms pour leurs enfants…

Violaine acquiesça. Des deux mains, elle fit un bouclier sur son ventre.

– C'est mon bébé.

Adélaïde la dévisagea, éberluée.

– Tu as du temps devant toi, Violaine, la rassura Annie. Personne ne va t'arracher cette grossesse. Tu dois signer une lettre de consentement pour l'IVG. C'est toi qui décideras.

– Mais… elle ne peut même plus manger ! se récria Adélaïde.

Violaine leva les yeux au ciel devant cette remarque puérile et rectifia sur le ton d'une dame venue en consultation :

– J'ai des nausées. C'est très pénible.

Annie lui donna alors les conseils que reçoivent toutes les femmes enceintes de la part de leur gynécologue : boire de l'eau gazeuse, faire des petits repas toutes les trois heures, éviter les aliments qui ont trop de goût ou d'odeur… Violaine l'écouta posément puis reprit un rendez-vous pour le lendemain. Elle viendrait seule.

Adélaïde attendit d'être hors d'atteinte de l'hôpital pour lui parler :

– Mais alors… tu vas le garder ?

– Je ne sais pas.

Elle marchèrent, suivant chacune son rêve et son chemin.

– Tu te rappelles que je voulais huit enfants ? dit soudain Adélaïde.

Elles rirent toutes les deux, attendries par leur enfance perdue.

– Je suis sûre que c'est un garçon, dit Violaine.

Elle déplia les doigts un à un et énuméra :

– Octobre, novembre, décembre, janvier, février, mars, avril, mai.

– Mai, répéta Adélaïde. Et le bac ?

– Je le passerai l'année d'après, répliqua Violaine

sur le ton de quelqu'un qui a mûri sa décision. De toute façon, je voulais faire un bac littéraire.

– Et tu le mettras à la crèche ?

– Pas tout de suite, je l'allaiterai d'abord.

– Ah oui, moi aussi, approuva Adélaïde. Je l'allaiterai. Mais moi, je veux une fille.

– Tu l'appelleras comment ?

– Raphaëlle. J'adore. Et toi ?

– Moi, c'est…

Violaine dut s'arrêter en pleine phrase. La nausée lui coupait le souffle. La sueur la couvrit, elle devint toute froide et vomit dans le caniveau.

– J'en veux plus, j'en veux plus, gémit-elle.

Elle porta la main à son ventre et fit le geste d'en arracher quelque chose.

Au Centre de planification, Annie termina sa consultation en dépannant une jeune femme qui s'était vu refuser une « pilule du lendemain » par son pharmacien, puis en discutant avec une mère de famille qui ne supportait plus aucune contraception et rêvait d'un troisième enfant (mais son mari n'en voulait à aucun prix). Annie aimait la place qu'elle s'était choisie dans ce fin fond d'hôpital. Il lui semblait être le fléau de la balance dans laquelle des femmes de tous âges, de toutes conditions venaient peser le pour et le contre de leurs décisions.

Elle quitta le bâtiment D, traversa la cour. La pensée de Violaine l'accompagnait. Sans doute parce qu'elle était très jolie. Annie marchait sans se presser, jamais. Elle n'avait rien ni personne à retrouver. Son mari l'avait quittée, son fils s'était marié.

Dans la rue, elle aperçut une silhouette dégingandée et elle n'hésita pas à crier à tue-tête :

– Vianney !

Le jeune homme se retourna, étonné :

– Annie ?

Ils se firent la bise en bonne amitié. Le docteur Chasseloup était le seul médecin de l'hôpital que tout le monde, y compris la dame qui passait la serpillière entre deux IVG, appelait par son prénom et embrassait sur les deux joues.

– Tu rentres déjà chez toi ?

– Non, répondit Vianney. Je vais voir une vieille dame qui ne peut plus se déplacer.

– Tu as beaucoup de patients âgés, remarqua Annie.

– Je n'ai que cela !

– La France vieillit, commenta Annie. Moi, j'ai vu deux petites jeunes, aujourd'hui. Pour des IVG.

– Des mineures ?

– Oui, une de seize ans avec sa maman espagnole. Elle te verra samedi pour l'écho. La maman est bien gentille, mais dans le genre étouffant. Elle fait pression sur sa fille.

– Et l'autre ?

– Dix-sept ans. Flanquée de la bonne copine. Au début, j'ai cru qu'elle était très immature. Et puis…

Annie fronça les sourcils, cherchant les mots qui lui rendraient justice.

– Elle a eu ce geste de protéger son ventre en disant « mon bébé ». C'était très émouvant.

– Elle va le garder ?

– Non, je ne crois pas, fit Annie de sa voix tranquille.

– Je la vois aussi samedi ?

– Non, elle passe avec Carole mercredi.

Et soudain, elle regretta. Elle aurait dû lui donner rendez-vous avec le docteur Chasseloup. Il était connu dans le service que Vianney s'entendait bien avec les ados.

8
Mammoyétigastrolama

La zappette à la main, l'œil fixe et rond, le docteur Baudoin semblait hypnotisé. La nuit était déjà bien avancée et là-bas, au Tibet, le grand Lama venait de se réincarner dans un bébé que de méchants Chinois voulaient assassiner. Fort heureusement, une journaliste américaine, déguisée en moine tibétain, avait été envoyée par son journal pour faire un reportage sur l'abominable yéti, fort sympathique au demeurant, et allait sûrement sauver le bébé Lama. Jean espérait secrètement qu'elle en profiterait pour épouser le yéti et changer de coupe de cheveux.

– Tu ne viens pas te coucher? dit une voix inquiète dans son dos.

– C'est le yéti, bredouilla Jean en désignant l'écran à sa femme, comme s'il se chargeait des présentations.

Il se passa la main sur les yeux, puis se massa les tempes. Quelque chose lui disait qu'un séjour dans une lamaserie lui serait du plus grand profit.

Le lendemain matin, il était encore hagard.

– Je suis le seul à travailler, dans cette maison ? bougonna-t-il en ne voyant que sa femme en peignoir dans la cuisine.

– Violaine et Cerise sont encore mal fichues, lui répliqua Stéphanie, et Paul-Louis a cours à 10 heures.

– Vive la France ! Il n'y a plus de café ?

– Je t'en fais si tu veux.

– Non, j'ai pas le temps.

Le manque de sommeil le rendait irritable. Il partit en claquant la porte. « Mais qu'est-ce qu'il a, en ce moment ? » se demanda Stéphanie.

Quand il aperçut Josie Molette derrière son comptoir, Jean eut une brusque envie de se transformer en yéti. Il ne la supportait plus. Pourtant, il lui demanda rituellement :

– Comment se présente l'enfant ?

– 8 h 30, madame Bergeron.

– Connais pas.

– 8 h 45, madame Bonnard…

Jean jeta un coup d'œil sur le registre par-dessus l'épaule de sa secrétaire :

– Tiens, monsieur Lespelette revient déjà mardi ?

– Oui, mais c'est pour le docteur Chasseloup.

– Comment ça ? sursauta le docteur Baudoin. Lespelette, c'est un de mes patients.

– Il vient à l'instant de me demander un rendez-vous pour le docteur Chasseloup, rétorqua Josie, le ton sec.

Jean fronça les sourcils. Vianney l'agaçait de plus en plus, avec son sourire triste. Au fond, c'était peut-être un méchant Chinois déguisé en moine tibétain.

– Il est là ? fit-il en désignant le couloir.

– Pas encore. Il ne devrait pas tarder.

Jean se dirigea vers son bureau, mais une impulsion le conduisit jusqu'à celui de Vianney, au fond du couloir. Il poussa la porte, fit deux pas et regarda autour de lui. Minable, miteux. Ce bureau trouvé aux puces et cet ordinateur d'avant guerre ! Indignes de la rue du Château-des-Rentiers. Il se planta en face de la seule décoration du lieu, le serment d'Hippocrate, et, les mains dans le dos, montant et descendant sur la pointe des pieds, il le parcourut des yeux : « Je donnerai mes soins gratuits à l'indigent » et ricana. Mais son sang se figea lorsque les derniers mots lui sautèrent à la figure : « Que les hommes m'accordent leur estime si je suis fidèle à mes promesses. Que je sois couvert d'opprobre et méprisé de mes condisciples si j'y manque.»

Un bruit de pas le fit se retourner. C'était Chasseloup. Le jeune homme resta un moment bouche bée puis se ressaisit:

– Oh, bonjour…

Il ne savait pas s'il devait dire «Jean» ou «Docteur Baudoin» ou «Monsieur» ou «Baudoin» tout court. Donc, il laissa sa voix en suspens.

– Oui, bonjour, répondit Jean, je voulais vous faire part de ma… surprise.

– Votre surprise? répéta Vianney aux aguets.

– Il me semblait que la moindre des corrections de votre part serait que vous ne me preniez pas mes patients.

Vianney resta sans réaction.

– Puisque vous faites semblant de ne pas me comprendre, poursuivit le docteur Baudoin, je vais devoir mettre les points sur les *i*. Je vous ai demandé d'effectuer un remplacement samedi, je ne pensais pas que vous en profiteriez pour faire prendre un autre rendez-vous à monsieur Lespelette, un patient que je suis depuis plus de six mois.

Vianney parut soulagé.

– Oh, mais c'est un malentendu. J'ai simplement conseillé à monsieur Lespelette d'aller voir un psychiatre que je connais de longue date et en qui j'ai toute confiance…

– Vous estimez que je suis incompétent ?

– Mais pas du tout, mais non, bredouilla Vianney. Mais je pensais qu'un spécialiste…

– Creusez le déficit de la Sécu en multipliant les consultations si ça vous amuse, l'interrompit Jean. Mais n'exploitez pas mes patients.

Il laissa Vianney anéanti et gagna son bureau à grands pas. Un vent de tempête s'était levé en lui. Il heurta le pied de sa table et s'abattit dans son fauteuil. Il porta la main à son cœur avec une grimace. Ce n'était rien, une décharge nerveuse. Il consulta le cadran de sa montre. 8 h 40. Dix minutes de retard. Il lui fallait impérativement se calmer avant de commencer ses consultations. Des vagissements de nourrisson en provenance de la salle d'attente le firent tressaillir.

– Madame Bergeron ?

Un couple l'attendait debout. Elle, la quarantaine, l'air constamment catastrophé. Lui, petit, chauve et maigrichon. Des clients parfaits pour Chasseloup et c'était lui qui en écopait !

– Entrez, entrez ! fit-il en s'efforçant de paraître jovial. Il est en pleine forme, votre petit... Comment s'appelle-t-il ?

– Samuel ! crièrent les heureux parents pour couvrir la voix de l'enfant.

– Il se destine à une belle carrière de ténor. Voyons, est-ce que vous pourriez...

Jean songea : « le faire taire ».

– ... me dire ce qui ne va pas chez ce petit bonhomme.

– Il pleure tout le temps, lâcha le père.

– C'est infernal, confirma la mère. Il est pas malade, il mange pas trop mal. Ils lui ont rien trouvé d'anormal au dispensaire. Mais il pleure tout le temps.

– Tout le temps, fit monsieur Bergeron en écho.

– Oui, donc, dit Jean, l'esprit ailleurs, il pleure tout le temps.

– C'est ça, acquiescèrent les parents.

– Très bien. Déshabillez-vous, s'il vous plaît.

Comme les époux Bergeron s'entre-regardaient, pour le moins surpris, Jean se reprit vivement :

– Déshabillez-le ! Le... lui. Installez-le sur la table d'examen.

Tandis que les parents lui obéissaient, Jean chercha de l'aspirine dans son tiroir. Monsieur et

Madame Bergeron, qui lui tournaient le dos, se disputaient à voix basse.

– Attention, tu lui tires sur le bras.

– Mais aide-moi, il va tomber.

Le docteur Baudoin, ayant gobé son comprimé, s'approcha d'eux, l'air parfaitement détaché.

– Vous avez d'autres enfants? s'informa-t-il en les voyant s'empêtrer dans la grenouillère.

– Non, on n'a que lui.

– Tant mieux! se réjouit-il très spontanément.

Puis il rectifia le tir:

– Vous allez pouvoir vous consacrer à lui.

Il palpa le ventre de l'enfant, lui fit faire un peu de vélo, vérifia qu'il n'était pas fiévreux, décalotta le sexe, testa les réflexes et conclut:

– Il va très bien, ce petit Samuel. C'est un bébé pleureur, voilà tout.

– Il n'a rien? fit le père, vaguement déçu.

– Rien du tout. Il pleure pour se soulager. Il ne supporte pas les stimuli, le tic-tac d'une montre l'exaspère, la sonnerie du téléphone le fait bondir. Il a peur qu'on le lâche quand on le prend dans les bras, il se sent abandonné si on ne le prend pas. Et dans peu, il fera ses dents, ce qui ne lui arrangera pas le caractère, n'est-ce pas, Samuel?

L'enfant était cramoisi de colère.

– Il n'aime pas être tout nu, commenta Jean, les mains dans les poches.

Dès que la mère essaya de lui enfiler sa chemisette, les hurlements redoublèrent et Jean remarqua, toujours flegmatique :

– Il n'aime pas non plus qu'on l'habille.

Quand les parents furent de nouveau en face de lui, le docteur Baudoin leur demanda s'ils avaient entendu parler du THADA. Sans attendre de réponse, il enchaîna :

– C'est un trouble dû à l'hyperactivité. Et la réponse, c'est…

Il se pencha pour ouvrir le tiroir du bas et en sortit un flacon :

– Thadaplus ! Un inhibiteur de recapture de la dopamine et de la noradrénaline qui augmente la concentration de ces neurotransmetteurs au niveau des synapses neuronales.

Il dévisagea longuement le père, qui finit par bredouiller :

– Et c'est bien ?

– C'est le produit qui convient aux bébés pleureurs. Avec ça, Samuel va vous faire ses nuits, il se laissera habiller, déshabiller, il sursautera à peine quand vous jouerez du clairon, ce que je vous contre-indique tout de même à cause des voisins.

– C'est un calmant ? hasarda monsieur Bergeron.

– Non, les calmants, c'est pour les parents. Samuel souffre d'un hypofonctionnement des systèmes dopaminergique et noradrénergique. Donc il lui faut du Thadaplus, une dosette matin et soir.

– Vous nous faites une ordonnance ? supplia la mère.

– Je vous fais même cadeau de cet échantillon.

Les parents se retinrent pour ne pas l'ouvrir tout de suite. Le docteur Baudoin les reconduisit lui-même jusqu'à la porte, en faisant mentalement le souhait de ne plus jamais les revoir. Mais madame Bergeron lui ôta ce dernier espoir :

– Ce qui est pratique, fit-elle avec un pâle sourire, c'est qu'on habite juste au-dessus.

– Juste au-dessus, répéta son mari en écho.

En revenant vers son bureau, Jean fit un crochet par le secrétariat et dit à Josie à mi-voix :

– Les Bergeron, en bloc ou à l'unité, vous les gardez pour Chasseloup.

– À ce train, vous n'aurez bientôt plus de patients, remarqua Josie, que le comportement de son patron commençait à inquiéter.

Il fit semblant de ne pas avoir entendu et alla ouvrir la porte de la salle d'attente :

– Madame Bonnard ?

Une femme très brune, longiligne et gracieuse passa devant lui en inclinant la tête pour le saluer. D'habitude, elle et lui échangeaient volontiers quelques taquineries à double sens. Ils se plaisaient, mais ne poussaient pas les choses trop loin. Depuis qu'il avait dû lui annoncer qu'elle avait un cancer du sein, tous deux gardaient une gravité émue.

Jean s'assit, joignit les mains sur son bureau et demanda doucement :

– Un souci ?

– Je n'en étais pas certaine, l'autre jour… Je suis enceinte.

Il tressaillit.

– Vous avez fait un test ?

– Oui.

Il avait l'impression de revoir une scène qui s'était jouée précédemment dans ce même bureau.

– Vous désiriez cette grossesse ?

– C'est un accident. Nous aurions quand même accepté cet enfant, mon mari et moi. Mais étant donné les circonstances…

Elle se tut, des larmes venant gonfler ses yeux déjà rougis. Jean hocha la tête, navré.

– Vous souhaitez une interruption de grossesse ?

– Ai-je un autre choix ?

– Vous pourriez repousser le moment de vous soigner… de huit mois.

Il prit sur lui d'ajouter :

– Mais je ne vous le conseille pas, madame Bonnard.

La jeune femme eut un soupir de soulagement. Elle souhaitait que son médecin décide à sa place. Jean le comprit parfaitement et parla du Centre de planification familiale.

– Je ne connais pas personnellement les médecins, précisa-t-il. Mais le Centre a une excellente réputation. Les consultations IVG ont lieu le mercredi et le samedi.

– J'irai mercredi.

Jean acquiesça et écrivit sur un papier à en-tête : « Cher confrère, je vous adresse Madame Bonnard, dont la situation douloureuse retiendra toute votre attention… »

Il enchaîna ensuite les rendez-vous dans un état second. Il gardait présente en lui la pensée de madame

Bonnard, mais s'y mêlaient aussi celle de sa femme et celle de Violaine. Il ne savait pourquoi. À 19 heures, Josie Molette quitta le cabinet médical. À 19h30, ce fut le tour de Chasseloup. À 20 heures, Jean serra la main de son dernier patient. Une angoisse sourde l'escorta tandis qu'il descendait la rue du Château-des-Rentiers.

Il était si las qu'il songea: «Il faut que je dise à Violaine de faire une mammo pour sa gastro.» Ce qui n'avait aucun sens.

Quand il rentra chez lui, la maison lui parut déserte.

– Stéphanie?

Elle était dans la cuisine, épluchant des radis.

– Où sont les enfants?

Elle le regarda, surprise de ce ton alarmé.

– Mais chacun dans sa chambre, devant son ordinateur, j'imagine.

Il sourit, embrassa sa femme et se détendit un peu. À quoi rimaient ces inquiétudes?

– Au fait, non, Violaine ne doit pas être devant son ordi, rectifia Stéphanie. Elle dormait quand je suis revenue.

Jean dressa l'oreille:

– Ah bon?

– Cette gastro l'a vraiment mise à plat. C'est embêtant que ça lui arrive l'année du bac.

Le docteur Baudoin ne répondit rien et croqua dans un radis. Avant de quitter la cuisine, il se retourna pour demander brusquement :

– Tu as pris un rendez-vous pour ta mammographie ?

– Mais oui. Comme tous les ans… Pourquoi ?

– Il faut être sérieux avec ces trucs-là.

Il était nerveux comme le sont les animaux à l'approche d'un cataclysme. Il lui semblait que tout ce qui avait fait sa vie jusqu'ici, tout ce qui avait compté pour lui, allait voler en éclats. Mais il ne savait pas où le coup allait porter, ni qui serait frappé.

9
Affaire de femmes

On toqua à la porte.

– Mais Violaine, tu n'es pas levée ?

Elle souleva la tête de l'oreiller et vit sa mère dans l'encadrement de la porte.

– Fatiguée, gémit-elle.

– Arrête un peu de t'écouter ! s'énerva Stéphanie. Hier, tu as dit que ça allait mieux. Tu n'as plus de fièvre ? Alors…

– J'ai la tête qui tourne.

– Mais c'est normal, c'est l'effet de la diète. Un bon petit déjeuner et…

– Maman ! appela Cerise.

Stéphanie disparut un instant dans le couloir. Elle embrassa sa petite dernière, soupesa son sac à dos, plein à en faire exploser la fermeture à glissière.

– Mais qu'est-ce que tu peux mettre là-dedans?

– Mes affaires. Ça va, Violaine? s'inquiéta Cerise.

– Mais oui, ça va, répondit sèchement Stéphanie.

Paul-Louis apparut à son tour dans le couloir, tenant un classeur sous le bras.

– C'est tes affaires, ça? s'étonna sa mère.

– Oui. Qu'est-ce qu'elle a, Violaine?

– Rien, firent mère et fille d'une même voix.

Le docteur Baudoin les rejoignit dans le couloir:

– Qu'est-ce qu'il y a avec Violaine?

Stéphanie coupa court:

– Elle est en retard et moi aussi. Tu peux déposer Cerise à son école, ce matin?

Jean prit un air accablé et Stéphanie songea: «On ne peut rien lui demander!» Elle réussit tout de même à mettre tout le monde dehors et revint au pas de charge dans la chambre de Violaine.

– Bon, lève-toi! C'est l'année du bac et tu ne peux pas te permettre de...

Violaine se redressa, des cernes mauves sous les yeux et les lèvres presque blanches. Stéphanie, saisie par son aspect, ne put finir sa phrase.

– Maman...

Elle était au bord de l'aveu.

– Mais ma chérie, dis-moi… Qu'est-ce qu'il y a ? Où as-tu mal ?

– Maman…

Stéphanie s'assit sur le lit et lui prit la main.

– Je suis enceinte.

Stéphanie venait d'avoir si peur qu'elle soupira de soulagement.

Elle avait cru sa fille mourante.

– Enceinte, répéta-t-elle.

C'était embêtant.

– Enceinte ! réalisa-t-elle tout à coup.

Mais c'était une catastrophe !

– Maman, jure-moi que tu le gardes pour toi, la supplia Violaine. Je veux que tu n'en parles à personne.

Personne, c'était papa. Stéphanie le comprit parfaitement et acquiesça. C'était une affaire de femmes. Malgré tout, il y avait eu un homme à un moment.

– Enceinte de qui ?

– Dominique.

– Mais comment tu as pu… à notre époque, balbutia Stéphanie. Enfin, il y a des moyens. La pilule, le stérilet, le préservatif, la…

– C'est pas le moment de me faire un cours sur la contraception ! se récria Violaine. Je n'avais pas l'intention de, de, de… Et puis c'est arrivé, voilà, quoi.

– Tu es amoureuse de lui ?

Violaine eut un « pff » de mépris exaspéré.

– Qu'est-ce qu'on va faire ? réfléchit Stéphanie à voix haute.

– Ce n'est pas « on », c'est moi, c'est moi qui vais faire, répondit Violaine.

Elle retira la main que sa mère retenait prisonnière.

– Tu es sûre au moins ? questionna Stéphanie sans grande illusion.

– J'ai fait un test.

– Il faut que tu voies une gynéco. Pas la mienne, je comprends que ça te gêne. Mais madame Beaulieu de Lassalle m'a parlé de sa doctoresse…

– Broyard, l'interrompit Violaine. Merci du cadeau. J'ai rendez-vous demain au Centre de planification familiale avec le docteur Dubois.

Elle se raidissait et parlait d'un ton presque dur.

– Tu veux que je t'accompagne ? proposa Stéphanie.

– Non.

– Mais tu es mineure et…

– Adélaïde a dix-huit ans, elle viendra avec moi.

– C'est une grosse responsabilité pour elle.

– Ça lui apprend.

Stéphanie haussa les sourcils de surprise.

– Oui, ça lui apprend ce qu'il faut faire dans ces cas-là.

Violaine avait inversé la situation. Ce n'était pas Adélaïde qui la soutenait. C'était elle qui initiait Adélaïde.

– Mais justement, qu'est-ce que tu comptes faire ? demanda timidement Stéphanie.

– Je n'ai pas le choix, articula Violaine.

Elle se raidissait encore et encore. Mais les larmes revenaient.

– Enfin, si. J'ai le choix. Mais moi...

Elle renifla.

Rien à faire. Elle redevenait pitoyable.

De toutes ses forces, elle cria :

– Je ne veux pas un bébé de quelqu'un que j'aime pas !

Elle s'effondra en sanglots et sa mère l'attira contre elle.

– Oh, ma chérie, ma chérie. C'est ma faute. Je ne me suis pas assez occupée de toi. Ce foutu labo ! J'aurais dû plus te parler. Je voyais bien... Tous ces garçons ! Ils te tournent autour comme les abeilles autour d'un pot de miel. Tu es trop jolie. Il faut savoir dire non.

– Je dirai plus… u… u… u… que ça… a… a…, sanglota Violaine.

Stéphanie gardait les yeux secs. Mais c'était pire, son cœur saignait. Peu à peu, Violaine se calma puis fit entendre son irrévocable décision :

– Je vais faire une IVG.

Elle se tut, attendant le jugement de sa mère. Sa condamnation. Et ça ne venait pas.

– Tu trouves que c'est mal ?

– Je l'ai fait aussi.

Les murs tremblèrent.

– Maman !

Quelle déception, mais quelle consolation ! Elles se prirent les mains, les emmêlèrent.

– À mon âge ?

– Non.

– Papa est au courant ?

Stéphanie eut un sourire un peu amer.

– Ça…

Elle n'hésita qu'une seconde et puis ce qu'elle n'avait jamais dit, pas même à sa propre mère, franchit ses lèvres. Elle était mariée à ce moment-là, elle avait déjà Violaine et Pilou, elle était heureuse, ou croyait l'être. Elle avait appris presque en même temps qu'elle était enceinte et que Jean la trompait.

– Avec la secrétaire médicale.

– Molette ! s'écria Violaine, horrifiée.

Stéphanie ne put s'empêcher de rire.

– La pauvre ! Non, elle était en congé de maladie pour six mois. Ton père a embauché une intérimaire. Jolie, bien sûr. Et moi qui étais toute contente d'attendre un enfant !

– Il est méchant, ce papa, fit Violaine d'une voix d'enfant rageuse.

– J'ai avorté. Puis j'ai demandé le divorce.

– Oui, mais bon, tu n'as pas divorcé, remarqua Violaine à peine rassurée.

– Non. Je n'ai pas divorcé. Jean a rompu avec son intérimaire. Il m'a demandé pardon : c'était moi qu'il aimait. Et surtout, il ne voulait pas perdre ses enfants.

– Oui, mais toi, tu en as perdu un.

– Sans cela, Cerise ne serait pas née.

Violaine songea à la phrase de sa petite sœur : « Si maman, elle aurait pas voulu de moi, ça m'aurait fait de la peine. »

– C'est dur, la vie, soupira-t-elle, confondue par une telle découverte.

– Mais c'est long, une vie. Un jour, tu aimeras

vraiment, et tu porteras l'enfant de l'homme que tu aimeras.

– Et je serai malade comme une vache, conclut Violaine, assez peu tentée.

Pendant ce temps, le docteur Baudoin conduisait Cerise à l'école, en marchant à grands pas.

– Dis, papa, est-ce que tu aimes les bébés ? fit une petite voix.

– Les bébés cochons ? répondit-il distraitement.

– Non, normaux.

Il ralentit sa marche, intrigué.

– Eh bien… j'aime les bébés quand ils ne braillent pas trop. Toi, tu étais un bébé sympa. Pourquoi tu me demandes ça ?

– Pour savoir. Pour savoir si tu seras content quand j'aurai un bébé.

Elle parlait à voix lente et rusée. Jean eut un rire étonné.

– Écoute, je serai sûrement content. Mais rien ne presse ! Pour le moment, de beaux bébés cochons, ça me paraît suffisant.

– Violaine aura un bébé avant moi.

– C'est probable.

– Et tu l'aimeras, le bébé de Violaine ?

Jean s'arrêta devant le porche de l'école :

– Mais j'ai l'air d'un ogre ou quoi ?

Cerise se mit sur la pointe des pieds pour l'embrasser :

– Un peu, dit-elle en se sauvant.

Quelques rues plus loin, Paul-Louis (P.-L. pour les intimes) retrouvait Sixte Beaulieu de Lassalle, son ami des beaux quartiers.

– C'est nouveau, tes shoes, remarqua P.-L.

– 135 euros.

– Pas mal !

C'était leur sport à tous les deux. Se faire acheter les fringues les plus chères possibles. Dans le même ordre d'idées, Paul-Louis demanda à son copain s'ils auraient du champagne pour le rallye.

Ils avaient tout de même passé l'âge du Champomy !

– Je me demande si je pourrai faire ma soirée, figure-toi.

– Quoi ?

À sa façon cabotine, Paul-Louis avait porté les mains à son cœur, comme s'il frisait l'infarctus.

– Tu le gardes pour toi, mais ma sœur a un big problème.

– On s'en fout, répliqua P.-L. sur un ton d'évidence.

– Sauf que, quand les parents vont le savoir, l'ambiance ne sera pas à la fête.

Un peu gêné, Sixte baissa la voix :

– Elle est enceinte.

Le garçon avait surpris une conversation téléphonique entre Adélaïde et Dominique, qui s'inquiétait de ne plus pouvoir joindre Violaine sur son portable. N'ayant entendu que quelques bribes, Sixte en avait conclu un peu vite que sa sœur attendait un bébé.

– Tu sais de qui ? fit P.-L., la mine dégoûtée.

– Je crois que c'est de Dominique.

– Le copain de ma sœur ?!

Les deux garçons s'aperçurent alors qu'ils allaient être en retard pour le premier cours et partirent à fond de train.

– En tout cas, si Dominique fait ça à ma sœur, dit P.-L., d'une voix hachée par la course, je lui défonce la gueule.

– Sérieux ? ricana Sixte.

Paul-Louis ne répondit rien. Dans ce no man's land qu'était son cœur adolescent, il avait gardé une place pour Violaine, la Violaine du temps où il s'appelait Pilou.

10
Paroles d'homme

Ce mardi soir, Vianney était au lit avec un bloc de papier et un stylo. N'ayant pas réussi à se justifier aux yeux de Baudoin, il avait décidé de lui écrire. Les premiers mots lui posaient problème. «Mon cher Jean»? «Cher Monsieur»? «Docteur Baudoin»? Et d'ailleurs que lui dire? Les apparences étaient contre lui. Lespelette avait pris rendez-vous avec lui pour lui annoncer, triomphant:

– J'ai remis une porte à mon bureau!

Lespelette avait déclaré la guerre à sa chef et diminué ses somnifères.

– Et ça, c'est grâce à vous!

Vianney en était très content, mais surtout très ennuyé. Lespelette était désormais son patient et le docteur Baudoin pouvait en effet l'accuser de détournement de clientèle. Il écrivit: «Cher Monsieur», déchira la feuille, puis jeta un regard autour de lui pour voir où était passé son chat.

Chaque fois que Vianney se mettait au lit avec l'intention de lire ou d'écrire, Poubelle était pris d'une crise de démence qui commençait généralement par des hallucinations. Il voyait des souris. Tout d'abord, il se mettait en embuscade sous le fauteuil Voltaire, ses deux yeux à ras de sol miroitant comme des éclats de verre. Soudain, il jaillissait, sautait sur un chausson, se rendait compte de son erreur, disparaissait sous le lit, reparaissait de l'autre côté, fonçait dans le couloir, puis revenait dans la chambre et pilait sur la carpette, l'air de demander: «Où est-elle? Ne me cachez rien, je sais qu'elle est là.»

Aux hallucinations succédait un appel, sans doute divin, à prendre de la hauteur, et Poubelle s'agrippait aux doubles-rideaux. Le plafond le rappelant à sa misérable condition terrestre, Poubelle s'apercevait alors qu'il était sujet au vertige. Il miaulait jusqu'à ce que Vianney, excédé, s'extirpe de son lit, prenne l'escabeau et vienne le décrocher.

– Miaw! Miaw!

Levant les yeux, Vianney aperçut Poubelle, accroché tout en haut des rideaux.

– Tu sais que tu as l'air tarte, lui fit-il remarquer.

– Miaw, miaw ! lui répondit son chat, du ton le plus lamentable qu'un gosier de chat pût produire.

Mais Vianney était bien décidé à ne pas sortir de son lit, ce soir-là, et il recommença sa lettre : « Cher docteur Boudin... » Ses yeux s'agrandirent d'horreur lorsqu'il prit conscience du lapsus qui venait de se glisser sous sa plume. Braoum ! Il poussa un cri. Les doubles-rideaux, les rideaux, la tringle à rideaux s'étaient effondrés sur le parquet. Vianney en lâcha son stylo.

– Poubelle ?

Le tas de tissu resta immobile.

– Mais ce con de chat ! s'écria Chasseloup en rejetant son drap.

Au même moment, les rideaux remuèrent et Poubelle, son oreille et demie plaquée sur son crâne et les reins creusés, rampa jusqu'au fauteuil Voltaire et s'y terra. Vianney, d'abord furieux, ne tarda pas à être inquiet. Il s'accroupit, appela son chat puis allongea le bras sous le fauteuil. Il ne reçut aucun coup de griffe, ce qui acheva de l'inquiéter. Il souleva le siège et vit le pauvre Poubelle, blessé à la tête et tremblant de tout son corps. Le coup de tringle avait dû réveiller quelque ancien traumatisme. Le cœur de Vianney s'en émut. Au péril de sa vie, il prit Poubelle dans ses bras et celui-ci, terrorisé, enfouit sa tête sous l'aisselle de Vianney, barbouillant de sang son pyjama.

Le mercredi après-midi, Chasseloup n'allait pas au Centre de planification familiale. Mais il avait été prévenu la veille par Annie que Carole Dubois ne pourrait assurer sa consultation, ayant été admise aux urgences pour une appendicite. Par chance, les deux rendez-vous que Chasseloup avait au cabinet médical pour le mercredi après-midi s'étaient l'un après l'autre décommandés. On voit ce genre d'heureuses coïncidences plus souvent dans les romans que dans la vie. Et pourtant, tel était bien le cas, et Vianney avait donc rendez-vous, sans encore le savoir, avec madame Bonnard et avec Violaine Baudoin.

Quand il entra dans la salle d'attente du Centre, Annie vint lui faire la bise et lui dit dans un chuchotement :

– J'ai pris sur moi de faire entrer la dame directement dans ton bureau. Elle est très mal.

Vianney fit un signe de tête.

– Je t'ai tout marqué dans le dossier. Elle a un cancer du sein et elle doit commencer les soins.

– OK, dit simplement Vianney.

Il frappa à la porte de son propre bureau puis se faufila dans l'entrebâillement. Madame Bonnard fit mine de se lever.

– Restez assise, je vous en prie. Bonjour.

Il s'assit en face d'elle, lui jeta un coup d'œil, puis parut chercher divers objets sur sa table tout en parlant :

– Je suis le docteur Chasseloup, je remplace le docteur Dubois, qui vous prie de l'excuser.

Madame Bonnard se tenait très droite sur son siège, le visage tendu. « Chasseloup » ? Ce nom étrange lui disait quelque chose. Le jeune homme prit le dossier qu'Annie avait préparé à son intention.

– Madame Bonnard, lut-il. Agnès... Enseignante. Vous avez déjà vu un méde...

Il n'acheva pas sa phrase. Il venait de tomber sur la lettre à en-tête du docteur Baudoin : « Cher confrère, je vous adresse madame Bonnard dont la situation douloureuse retiendra toute votre attention... » Quand il eut fini de feuilleter l'ensemble du dossier, il releva les yeux et dit maladroitement :

– Je... je suis désolé de ce qui vous arrive.

Pas un trait du visage de la jeune femme ne bougea. Vianney baissa de nouveau les yeux sur le dossier :

– Vous avez des enfants, je vois… Un garçon ?

– Un garçon et une fille.

Il releva les yeux :

– … qui s'appellent ?

– Bérénice et Hadrien.

– C'est royal !

Comme il lui souriait à sa manière triste, Madame Bonnard laissa soudain échapper :

– Oh, mais c'est vous qui travaillez avec le docteur Baudoin ?

– J'essaie de le décharger, répondit Vianney en rougissant. Si vous voulez bien, Madame Bonnard, j'aimerais faire une échographie.

Il se leva et mit en route son appareil. C'était le plus vieux coucou que possédait l'hôpital, et il tombait si souvent en panne que le réparateur se lamentait chaque fois de ne plus rien pouvoir faire pour lui. Habitué à Mickey, Chasseloup avait amicalement baptisé Donald son appareil poussif et l'encourageait à chaque démarrage de quelques tapes sur le côté. Cette fois-ci, l'écran donnait de nets signes d'épuisement et il cligna tant que dura l'examen. Vianney put tout de même voir à l'échographie un petit haricot de moins d'un centimètre.

– À peu près six semaines, évalua-t-il à mi-voix.

– Tant que ça? s'alarma madame Bonnard.

– Excusez-moi, je parle en semaines d'aménorrhée, c'est-à-dire depuis les dernières règles. Votre grossesse n'est que de quatre semaines.

Vianney gardait l'écran tourné vers lui et, après avoir imprimé le cliché, il le glissa discrètement dans le dossier. Il y avait eu dans le service un vieux gynécologue qui commentait à la femme l'image sur l'écran, lui indiquait le cœur quand il était visible et en amplifiait les battements quand ils étaient audibles. «Pour qu'elle se rende bien compte», disait-il à Annie, épouvantée.

– Je m'en veux de faire ça, dit madame Bonnard sur le seuil de la porte d'une voix qui tremblait.

Elle venait d'avaler les trois comprimés de Mifegyne®.

– Vous le faites pour pouvoir vous soigner, vous le faites pour guérir, lui dit le docteur Chasseloup en lui serrant la main.

Quand elle fut partie, il resta un moment en face de son appareil à échographie, le regard fixe et l'air sonné. Puis il sortit à la recherche d'Annie.

– Ça va? lui demanda-t-elle d'un ton de voix un peu plaintif.

Elle le voyait si souvent tourmenté qu'elle regrettait de lui avoir un jour demandé de venir au Centre de planification. Mais on y manquait cruellement d'un médecin compatissant. Plus personne n'acceptait de travailler dans ce service de parias, relégué dans un fin fond d'hôpital.

– L'écran va claquer, répondit-il.

– Et toi, claqué aussi ?

– Ça va, fit-il dans un soupir.

Bien sûr, Annie n'était pas amoureuse du docteur Chasseloup. Il lui faisait penser à son fils, sinon qu'il était plus grand, plus brun, plus négligé, plus déconcertant. Un claquement de sabots sur le dallage les fit se retourner.

– Bonjour, Marjorie !

La jolie infirmière guadeloupéenne embrassa Vianney sur les deux joues en franche camarade. Elle ne pouvait pas être amoureuse de lui, étant mariée et mère d'une petite fille. Luce, l'aide-soignante, avait un petit ami ; Virginie, la fille de salle, venait de se fiancer ; le docteur Carole Dubois était mariée, divorcée, remariée. Donc, aucune d'elles n'était amoureuse de Chasseloup. Mais, quand elles prenaient ensemble un café, la conversation revenait invariablement sur lui. Il y avait un mystère Chasseloup.

– Et ton chat ? lui demanda Marjorie.

Tout le monde connaissait Poubelle de réputation. Vianney conta les derniers exploits de sa calamité à quatre pattes, faisant rire aux larmes les deux femmes. Personne ne remarqua l'entrée dans la salle d'attente de Violaine et Adélaïde. Elles s'entre-regardèrent, plutôt choquées par ces accès de gaieté si peu en accord avec leurs sentiments, et s'assirent, le dos contre le radiateur et la mine renfrognée.

– Vianney, chuchota Marjorie en faisant un petit mouvement du menton en direction des adolescentes.

Le médecin tourna la tête et les aperçut. Il prit tout de suite un air compassé.

– Hum… je vais dans mon bureau.

Violaine le suivit d'un regard stupéfait. Mais c'était le garçon aux yeux d'âne ! Annie s'approcha d'elle :

– Bonjour ! Il y a un léger contretemps. Carole Dubois est indisponible aujourd'hui, mais…

Elle recula devant le nom de « Chasseloup », qu'elle jugeait impressionnant.

– … Vianney va vous recevoir.

Violaine ouvrit des yeux encore plus effarés. Vianney ! Le prénom de son bébé.

– C'est le bureau à droite, conclut Annie. Vous frappez et vous entrez.

Toutes deux se levèrent, mais Violaine prit une brusque décision :

– J'y vais toute seule. Tu peux m'attendre ?

Adélaïde se rassit, soulagée.

– Je vais faire mes maths.

Elle sourit malicieusement et ajouta tout bas :

– Il a une bonne tête.

Violaine haussa une épaule, pff, c'était bien Adélaïde, ça.

Quand elle entra dans le bureau de Chasseloup, celui-ci recevait son dossier des mains d'Annie.

– Bonjour, dit-il en relevant à peine les yeux. Asseyez-vous, mademoiselle…

Il chercha le nom sur la première page du dossier et resta sans voix. Violaine Baudoin. La fille du docteur Baudoin. Pas d'erreur possible. Jean lui avait énuméré les trois prénoms de ses enfants le jour où il lui avait offert de s'associer. Violaine et Vianney se dévisagèrent, fascinés l'un par l'autre.

– Mademoiselle Baudoin ?

– Oui.

Vianney lut le peu d'informations que contenait le

dossier. Dix-sept ans. Lycéenne. Pas d'autorisation parentale. N'a pas encore signé sa demande d'IVG.

– C'est votre nom, Vianney? murmura Violaine.

– Heu, oui. Excusez-moi, je ne me suis pas présenté. Docteur Vianney Chasseloup.

– Oh, non, gémit Violaine.

– Si...

Ils restèrent un instant silencieux. Mais ils s'étaient compris.

– Comme vous le savez sûrement, mademoiselle Baudoin, je suis tenu au secret médical. Mais si vous préférez voir quelqu'un d'autre...

– Non, ça ne fait rien.

Mais Vianney ne savait plus comment poursuivre la consultation.

– Vous... hum... vous avez déjà parlé avec Annie ?

Violaine fit signe que oui.

– Pensez-vous avoir pris votre décision ?

– IVG, fit-elle entre ses dents serrées.

Vianney lui expliqua alors qu'elle avait, ce mercredi, sa première consultation médicale au cours de laquelle il serait fait une échographie. Selon l'âge de la grossesse, il lui serait proposé différentes techniques d'intervention.

– Vous aurez, à partir d'aujourd'hui, un délai de sept jours…

– Encore !

Elle n'en pouvait plus. Elle voulait glisser de sa chaise, tomber à terre, s'ouvrir la tête sur le carrelage.

Alors, il lui parla. Il parla d'Annie qui serait là pour l'écouter chaque jour. Il fixa la date de l'éventuelle IVG au mercredi suivant. Puis il parla à Violaine de ses parents, de l'appui qu'ils pouvaient être pour elle. Elle secouait la tête, non, non. Il n'insista pas et pria Violaine de se déshabiller pour l'échographie. Voyant flamber ses joues pâles, il s'empressa d'ajouter :

– Vous pouvez juste baisser le jean et… et remonter le sweat.

Elle se mit à pleurer. Pendant quelques longues secondes, Vianney resta incapable de réaction. Comment dédramatiser la situation ?

– Annie vous a dit que ce qui vous arrive est assez fréquent ?

Violaine hoqueta affirmativement.

– Et cela arrive aux adolescentes… dix mille par an, précisa Vianney. Parce qu'elles ne croient pas que ça peut leur arriver. Elles se sentent encore comme des enfants… Un enfant ne peut pas avoir un enfant…

Violaine ébaucha un sourire.

– Mais vous aviez peut-être envie de savoir si vous étiez faite comme une femme ? hasarda Vianney.

Violaine lui jeta un mauvais regard. Il écarta son hypothèse d'un mouvement de main et repartit dans une autre direction :

– Au cours de leur vie, toutes les filles sont un jour amoureuses, presque toutes se mettent en couple ou se marient, la plupart d'entre elles ont des enfants, et une sur deux fait une IVG. Voilà, c'est quelque chose qui arrive à une femme sur deux.

Violaine songea : « Maman. Moi » et s'écria :

– Il ne faudrait pas que ça arrive à ma petite sœur !

– Elle s'appelle Clémentine, je crois ?

Violaine sourit, amusée.

– Non, Cerise.

Oui. Cerise. Redevenir comme elle.

Quelques instants plus tard, Violaine s'installait sur le divan d'examen. Elle avait ouvert la glissière de son jean et descendu un peu son pantalon. Du bout des doigts, Vianney remonta le sweat au-dessus du nombril.

– Je vais mettre du gel sur votre ventre, c'est un peu froid. Voilà…

Il fit glisser la sonde sur le bas-ventre et à l'écran apparut une image clignotante.

– Entre six et sept semaines, marmonna-t-il pour lui-même.

– C'est le nounours Haribo ! fit Violaine, consternée.

– Pardon ?

– À sept semaines, ça ressemble à… à un…

– Oh non, non, excusez-moi. Sept semaines d'aménorrhée, ça correspond à cinq semaines de grossesse.

Mais l'angoisse se lisait sur le visage contracté de Violaine.

– Qu'est-ce qu'on voit ? balbutia-t-elle. Qu'est-ce qu'il y a, là ?

Elle montrait l'écran.

– Pas grand-chose. Un genre de haricot.

Il hésitait. Violaine s'était soulevée et tendait le cou.

– Vous voulez voir ?

– Oui.

Il fit pivoter l'écran vers elle.

– Y a rien !

– C'est ce que je vous disais...

– Non, mais y a rien du tout !

Vianney regarda à son tour. L'écran était mort. Sacré Donald !

Adélaïde avait fini ses exos de maths et commençait à trouver douloureuses les barres chaudes du radiateur où s'appuyait son dos.

Enfin, la porte du bureau s'ouvrit et livra passage à Violaine seule.

– Alors ? lui demanda Adélaïde, une fois qu'elles furent dehors.

– Mercredi prochain, je prendrai trois comprimés au Centre. Deux jours après, je dois retourner pour en avaler deux autres. Et je reste quelques heures sur place en attendant que ça passe.

Elle parlait mécaniquement. « Ce serait peut-être mieux que je meure avant mercredi », se disait-elle.

À la maison, quand sa mère voulut la coincer entre deux portes d'un « Comment ça s'est passé ? », elle se contenta de répondre :

– Mais c'est bon.

L'heure n'était plus aux effusions. Au dîner, elle quitta la table très vite :

– Chuis morte. Me coucher.

Elle eut juste le temps de surprendre le regard mécontent de son père et de l'entendre s'exclamer :

– Mais qu'est-ce qu'elle a encore ?

Dans sa chambre, elle se coucha tout habillée et se recroquevilla en fœtus sur sa nausée. Et si elle ne faisait plus rien ? Si elle se contentait d'attendre ? De dormir ? Dormir cent ans comme la Belle au bois dormant. Quand elle s'éveillerait, ce serait le printemps, le bébé serait né. « Et il ressemblerait à Dominique. » Il ressemblerait à ce garçon auquel elle n'avait pas su dire non.

« Un jour, avait promis maman, un jour, tu aimeras vraiment. Et tu porteras l'enfant de l'homme que tu aimeras. »

Elle s'endormit, serrant dans ses bras cet enfant-là.

Le lendemain, le docteur Baudoin s'éveilla, bizarrement oppressé. Toujours cette idée que quelque sombre nuée s'amassait au-dessus de sa tête. En se rasant, Jean se tâta la gorge. Non, il n'y avait rien, pas de grosseur suspecte, pas de ganglions. L'angoisse, seule, lui nouait la gorge. Comme il avait besoin de passer ses nerfs, il alla retrouver sa femme, qui déjeunait à la cuisine, et il se plaignit de Chasseloup.

– Tu vois, je croyais que c'était un brave type, le généraliste basique, pas futé mais consciencieux… Et je m'aperçois que c'est un arriviste. Un carriériste.

Il savait bien, en lançant de telles accusations, qu'elles étaient ridicules. Mais il s'obstina :

– Il faut que je m'en débarrasse ou il va me pourrir la vie.

Sa femme ne fit même pas l'effort de pousser un petit grognement de soutien.

– Tu t'en fous ? releva-t-il.

– Écoute, si tu n'as que ça comme souci, ce n'est pas bien grave, dit-elle en posant son bol dans l'évier.

Elle quitta la cuisine, le laissant à la fois ahuri et vexé. Même la rue du Château-des-Rentiers ne lui offrit pas sa minute de bonheur. Il en était à se demander si Stéphanie lui cachait une récidive de son cancer ou un jeune amant. Ou les deux ?

– Bonjour, docteur, l'accueillit Josie.

Il grommela quelque chose et s'éloigna sans sacrifier au rituel du « Comment se présente l'enfant ? ». Josie en resta bouche bée.

Une fois dans son bureau, Jean se mit à marcher de long en large. Il était excédé, il n'en pouvait plus de ce défilé de constipées et d'emmerdeurs. Oui, il était malade, il avait pris son métier en grippe. Il entendit un pas dans le couloir et dressa l'oreille. C'était le docteur Chasseloup qui arrivait en fredonnant. Jean savait bien au fond que Vianney était une bonne pâte de bon garçon. Il haussa une épaule et alla ouvrir la porte de la salle d'attente. Il avait oublié de demander à sa secrétaire les noms des patients de cette matinée, mais c'était sans importance, puisqu'il reconnut aussitôt l'un d'eux. Bonpié, l'amateur de Viagra.

– Monsieur Bonpié ? fit-il avec un imperceptible clin d'œil.

Le sexagénaire se souleva de sa chaise en bredouillant :

– Je... non... Je viens voir le docteur Chasseloup.

Jean eut un mouvement de recul comme s'il prenait une claque.

– C'est moi la première, fit une dame un peu corpulente en adressant un gentil sourire au médecin.

Il se ressaisit et la laissa entrer :

– Asseyez-vous, madame... ?

– Sanchez.

– Vous êtes déjà venue, il me semble.

– Si, c'était pour les bouffées dé chaleur.

Jean Baudoin retrouva la fiche de sa patiente sur son écran.

– Emilia Sanchez. En effet, petit problème de la préménopause. C'est rentré dans l'ordre ?

– Si, les bouffées. Ma...

– Vous avez un autre souci ?

– Si. Yé prends dou ventre. Yé sais, c'est l'âge. Ma yé pas faim, yé manze pas beaucoup... et yé grossis quand mêmé.

S'ensuivit une description des malaises et des malheurs de madame Sanchez, qui avait des aigreurs d'estomac, des douleurs dans les seins, qui redoutait un cancer et qui ne dormait plus à cause de sa petite dernière. Le docteur Baudoin gribouillait des bonshommes sur un Post-it.

– Vous avez eu vos règles, ce mois-ci ? demanda-t-il, le ton languissant.

– C'est très irrégoulier qué c'est la ménopause.

– Oui, mais ce mois-ci ?

– Yé pas ou.

– Bien.

Le docteur Baudoin se leva et alla vers son armoire à médicaments. Il en sortit un Babytest et le tendit à madame Sanchez.

– C'est pour lé mal dé ventre ?

– Ce serait plutôt pour vérifier que vous n'êtes pas enceinte.

Madame Sanchez en eut un cri de femme outragée :

– Moi !

Mais c'était impossible, à l'âge qu'elle avait ! Non, elle n'avait pas la piloule ni la stérilet, mais depuis le temps, son mari et elle savaient comment s'y prendre. « Comme des manches », songea le docteur Baudoin.

– Ma fille Héléna, al est enceinte, al veut garder lé bébé, al a seize annos, c'est trop jeune. Ma moi, c'est trop vieux !

– Vous les baptiserez ensemble, conclut Jean férocement.

La pauvre madame Sanchez repartit, catastrophée, avec son Babytest dans le sac, et le docteur Baudoin laissa ses pensées jouer au flipper dans son cerveau. Bonpié l'avait trahi. Et Lespelette aussi. Que se passait-il avec Chasseloup ? « Que les hommes m'accordent leur estime si je suis fidèle à mes promesses. » Pourquoi cette phrase lui revenait-elle à l'esprit ?

Il regarda en direction de l'armoire à médicaments et s'aperçut qu'elle était restée ouverte. Au même instant, la foudre tomba sur lui. Babytest. Violaine.

– Elle est enceinte, murmura-t-il.

Comment avait-il pu s'aveugler à ce point? Croire à cette gastro interminable!

– Violaine…

Mais pourquoi avait-elle menti? Avait-elle l'intention, comme la petite Héléna Sanchez, de garder son bébé? Mais non, elle était tellement cruche qu'elle ne savait pas comment faire pour s'en débarrasser. Qu'espérait-elle? Une fausse couche, la fin du monde? Maintenant que la catastrophe qu'il avait pressentie était arrivée, il n'avait plus peur, il allait agir.

Il eut la patience d'attendre que la nuit vienne, que tout le monde soit couché, que sa femme soit endormie, et, tout doucement il se releva et gagna la chambre de sa fille aînée. Il alluma la lampe de chevet et s'assit au bord du lit.

– Papa?

Violaine crut d'abord qu'elle rêvait et posa la main sur le poignet de son père.

– C'est toi?

– Apparemment.

– Qu'est-ce que tu fais là ?

– Et toi ? Tu le sais, ce que tu fais ?

C'était dit sur un ton de tendresse bourrue. Violaine se redressa et lui passa les bras autour du cou. Ils se mirent à chuchoter fébrilement.

– Tu es enceinte ?

– Oui.

– Ta mère le sait ?

– Non.

– Il faut que tu ailles au Centre de pla…

– C'est fait.

Jean se dégagea :

– Quoi, l'IVG ?

Violaine se recroquevilla, prenant ses genoux dans ses bras.

– C'est pour mercredi prochain.

– Attends… On se calme !

C'était lui qui bouillait.

– D'abord, quelle méthode…

– Médicaments.

– C'est stupide ! s'écria-t-il. Qui t'a dit… Quel est ce médecin qui t'a prescrit ça ?

– C'est une femme, Carole Dubois.

Violaine n'avait pas l'impression de mentir, mais plutôt de faire une course d'obstacles.

– Eh bien, c'est une imbécile ! s'emporta Jean. Tu pourras lui dire de ma part. Pour une adolescente, on prévoit une anesthésie générale. On t'endort, ça dure cinq minutes. Quand tu te réveilles, c'est fini, tu ne t'es aperçue de rien. Le médecin n'a pas à décider à ta place, c'est à toi de choisir.

– Mais c'est moi qui ai choisi, il m'a juste expliqué les méthodes.

Son père la regarda, ahuri.

– Qui, « il » ?

– Non, elle… Le docteur Dubois, je veux dire ! Écoute, papa, ce n'est pas facile à vivre. Ne m'embrouille pas !

Il baissa la tête et écrasa les paumes de ses mains l'une contre l'autre.

– Je voudrais tellement que tu ne vives pas ça, dit-il d'une voix que la douleur écorchait.

– Cela arrive à une femme sur deux.

Ils se dévisagèrent.

– Tant que ça ? s'étonna Jean.

– Tu ne le savais pas ?

– Oh, moi, les statistiques… Une sur deux ?

Il semblait regarder quelque chose au loin.

– En tout cas, il ne faut pas que ça se reproduise.

On t'a parlé de la contraception à mettre en place après ?

Violaine ne fit pas part à son père de son vœu de chasteté. Car elle sentait qu'il avait besoin d'être rassuré.

– Je vois ça avec le docteur Dubois, ne t'en fais pas.

– Tu as l'air tellement calme, observa-t-il.

– Il faut bien.

– Tu voudras que je t'accompagne, mercredi ?

– Non.

Il n'insista pas. Il y avait soudain tout autour de sa fille un espace qui ne lui appartenait pas. Une vie privée.

– Tu es en train de devenir quelqu'un d'autre…

Il se leva et ajouta sur ce ton mondain qui faisait son charme :

– Et je serai enchanté de faire sa connaissance.

11
La fille du docteur Baudoin porte un prénom

Après son rendez-vous avec Violaine, Chasseloup eut deux autres consultations qui lui tinrent l'esprit occupé.

– Tu t'en es sorti comment avec la jolie petite brune ? lui demanda Annie en s'éloignant avec lui de l'hôpital.

– Annie ! protesta Vianney.

– Oui, je sais, avec toi, rien ne filtre !

Ils se firent la bise et Vianney poursuivit sa route en rêvassant. La jolie petite brune. Ces mots flottèrent devant lui. Jolie… petite… brune… Il la revoyait pleurant, souriant, rougissant. Il croisa alors sa propre image dans une vitrine, s'arrêta, passa les doigts dans ses cheveux pour les discipliner, puis essaya de se sourire. Plus il souriait, plus il paraissait triste, et il se demanda s'il n'était pas un peu effrayant.

Dix années d'enfance martyre modèlent un visage et une âme. Dix années à se croire coupable d'être né, dix années à vomir ces nourritures obscènes que le forçait à avaler pépère Boudin, ces pieds de porc gélatineux, ces tripes fumantes qui ne prenaient même pas la peine de déguiser ce qu'elles étaient. Pépère Boudin, lui, faisait bien semblant d'être un brave homme de grand-père.

– J'y fais des bons petits plats et il est maigre comme un coucou ! Moi, je dis, c'est un vice de constitution.

Tous s'y étaient laissé prendre, sauf le professeur Michel Drumont, qui avait rattrapé ce petit garçon, du moins ce qu'il en restait, par la peau du cou.

– Miaw ! Miaw !

– Poubelle ?

Dès l'entrée, Vianney nota la tonalité étrange du miaulement. Poubelle était dans la cuisine, blotti contre la plinthe. Il avait renversé son bol d'eau, dispersé sa litière et laissé la pâtée intacte. Vianney s'accroupit, l'appela, puis gratta le sol. D'ordinaire, son chat se jetait sur ses doigts et il n'avait que le temps de les ôter pour ne pas se faire griffer. Poubelle se contenta de miauler de façon plus pathétique.

– On est bons pour une tournée chez le véto, conclut Vianney en se redressant.

Il aurait vraiment aimé passer la soirée ailleurs que dans une salle d'attente. Il se sentait à la fois fourbu et rêveur. Il avait envie de s'asseoir dans son fauteuil Voltaire et de se répéter ces mots : la fille du docteur Baudoin.

– Miaw, Miaw !

– Oui, oui, j'ai compris.

Il alla chercher le panier d'osier, le posa sur le carrelage et tenta d'y attirer Poubelle :

– Allez, viens, on va voir le docteur des chats. Il saura mieux te soigner que moi.

Poubelle se décolla de la plinthe, puis se figea et miaula d'effroi. Une intuition soudaine poussa Vianney à passer la main plusieurs fois devant les yeux de son chat.

– Merde ! Il n'est pas…

– Aveugle, si, lui confirma le vétérinaire. Le coup sur la tête.

Il est des soirs où la fêlure qu'on garde au cœur s'élargit, des soirs comme celui-ci. Poubelle s'était aplati sur la table d'examen et miaulait faiblement. Vianney se raidit.

Ce n'était qu'un chat calamiteux qu'il avait sorti des détritus.

– Il est foutu ?

– Il va se traîner quelque temps. Se cogner, se blesser. Il n'a plus aucun repère.

– Il souffre ?

– Le pauvre…

Le vieux vétérinaire poussa un soupir de compassion et caressa Poubelle.

– Qu'est-ce que vous feriez s'il était à vous ?

– Je le garderais quelques jours dans une cage pour voir comment la blessure évolue. Mais bon.

Il hésita, puis se décida :

– Il est foutu.

Il connaissait l'histoire de Poubelle, il avait participé à son premier sauvetage.

– Vous lui aviez donné une seconde chance. Mais vous le savez bien, il était fêlé, ce chat !

Il en parlait à l'imparfait pour aider Chasseloup à prendre sa décision.

– Bon, alors, dans ce cas…

Vianney fit un geste vague, un geste qui lâchait prise.

– Il ne souffrira pas, lui promit le véto.

Ils se serrèrent la main et Vianney fit un pas vers

la sortie. Au moment d'abaisser la clenche de la porte, il se retourna :

– S'il vous plaît, pouvez-vous me le garder dans une cage un jour ou deux ?

Le vétérinaire regarda Vianney affectueusement :

– Vous méritiez un autre chat !

– Non, c'est celui-là. Je voulais… je voulais le sauver.

Et là-dessus, Vianney, convaincu de s'être ridiculisé, se dépêcha de s'en aller.

La vie reprit son cours. Le samedi, Vianney aperçut Violaine dans la salle d'attente du Centre de planification au moment où elle allait entrer dans le bureau d'Annie. Un sourire sauta au visage de la jeune fille tandis qu'elle esquissait un signe de la main. Ce fut si rapide que Vianney eut à peine le temps de dire : « Bonjour, mademoiselle », avant que la porte se referme sur elle. Mais c'était suffisant pour relancer en lui cette petite ritournelle : « la fille du docteur Baudoin ». Cela ressemblait à un titre de film ou de roman.

Le lendemain, il partit travailler aux aurores. La solitude le chassait de chez lui. Il arriva le premier rue du Château-des-Rentiers et en profita pour mettre un peu d'ordre dans sa paperasserie. Une demi-heure plus tard, Josie Molette vint s'encarter dans son comptoir pour la journée.

– Comment se présente l'enfant ? lui demanda le docteur Baudoin en arrivant.

Il fut très mécontent en découvrant les noms de ses patients :

– Madame Bergeron ! Madame Clayeux ! Mais pourquoi m'avez-vous pris ces rendez-vous ?

Vianney venait tout juste de quitter son bureau et d'emprunter le couloir. Il avait entendu la voix de son collègue. Comme ils étaient tous les deux en avance, il jugeait que l'instant était propice pour avoir une explication saine et constructive. Mais les éclats de voix du docteur Baudoin l'arrêtèrent en chemin.

– Moi, je finis par ne plus savoir, s'énerva Josie. Madame Bergeron m'a demandé un rendez-vous avec vous pour le petit Samuel.

– Mais ce braillard m'horripile ! C'est pour Chasseloup, ça, c'est de son âge ! Et madame Clayeux, pourquoi vous me la recollez ? Dans six mois, elle ne fera plus la différence entre moi et le pape ! C'est une cliente pour Chasseloup. Ce n'est pourtant pas compliqué. Toute personne pour laquelle la médecine ne peut rien, c'est pour Chasseloup.

Vianney retourna sans bruit jusqu'à son bureau et prit bien garde de ne pas faire claquer sa porte. Ses longues années d'enfant martyr lui avaient passé le goût des larmes. Mais, en cet instant, l'amertume lui envahissait la bouche, comme lorsque pépère Boudin laissait exprès du fiel dans le foie de volaille. Le docteur Baudoin le méprisait. Il ne pourrait plus répéter ces mots : « la fille du docteur Baudoin ».

Encore sous le choc, il s'approcha du serment d'Hippocrate et y chercha ce qui lui donnerait le courage de commencer sa journée. Il lut : « Mon état ne servira pas à corrompre les mœurs ni à favoriser le crime. » Oui, en effet. Il était un médecin insignifiant, mais il n'avait jamais fait sciemment de mal à quiconque. Il était même allé voir pépère Boudin à l'hôpital et lui, le jeune interne, il lui avait donné les derniers soins.

– Madame Rambuteau ?

Il avait trouvé la force d'ouvrir la porte de la salle d'attente. Il sourit à la vieille dame toute renfrognée.

– Que puis-je faire pour vous ?

– Ça m'a détraqué les intestins, le médicament que vous m'avez refilé.

Et c'était reparti. Mal ici. Mal là. Rien ne sert à rien. À quoi qu'on vous paye ?

– Vous avez vu votre fille dimanche ? finit par l'interrompre Vianney.

– Ma fille ? répéta-t-elle comme si elle se demandait de qui on lui parlait. Ah oui, ma fille ! Elle est venue.

Le visage de la vieille dame se fit féroce.

– Elle est venue avec son soi-disant copain qui a déjà eu deux poules. Et trois enfants de la première couvée. Mais je lui ai dit, à ma fille : « Dans notre famille, on n'a jamais mangé les restes des autres ! »

– Vous lui avez dit ça ?

– Oui, et c'est pas demain la veille qu'elle remettra les pieds chez moi. Ou alors, ce sera sans son « copain ».

Elle défia le docteur Chasseloup du regard :

– Et puis, c'est pas vos oignons. Alors, qu'est-ce que je fais pour mes intestins ?

Le docteur Chasseloup conseilla à madame Rambuteau de manger des yaourts. Ce dont elle souffrait n'était pas curable. Il la salua froidement sur le seuil du cabinet.

– Bonne journée, madame Rambuteau.

– Vous me feriez pas la tête, des fois ?

– Si.

– Vous seriez pas un peu dans le genre susceptible ?

– Certainement.

Ce soir-là, en rentrant chez lui, Vianney crut entendre le « miaw » coutumier. Mais non, c'était une illusion. Une de plus. Il prit son répertoire d'adresses et l'ouvrit à la lettre D. Comme Drumont. Professeur Michel Drumont. Au moment où il attrapait le téléphone, celui-ci se mit à sonner.

– Docteur Chasseloup ?

C'était le vétérinaire.

– Eh bien, dites-moi, qu'est-ce que j'en fais, de votre chat ?

Vianney était persuadé que Poubelle était mort et que le vétérinaire n'avait pas osé l'en informer.

– Oh, le malheureux ! Vous l'avez laissé agoniser…

– Il n'est pas plus agonisant que vous, le rembarra le véto. Seulement, il s'énerve dans sa cage. Vous connaissez son caractère…

– Mais vous m'aviez dit… enfin… un chat aveugle…

– Mais il voit. Il voit ! C'est un miraculé. Saint Vianney, c'est pas le saint patron des chats ?

Vianney éclata d'un rire d'enfant heureux.

– Non, c'est sainte Poubelle. J'arrive! Je... je saute dans ma voiture. Dites-lui que j'arrive.

Vingt minutes plus tard, Vianney serrait son chat contre lui et se prenait un coup de griffe en cadeau de bienvenue.

– Je... j'adore mon chat, déclara-t-il en essuyant le sang avec un Kleenex.

Il posa le panier à côté de lui sur le siège du passager. Dehors, il faisait nuit et il pleuvait. Vianney regardait le monde entre deux battements d'essuie-glace, il écoutait son chat griffer furieusement l'osier du panier, et il souriait de pur bonheur. OK, madame Rambuteau était une affreuse et le docteur Baudoin un cynique. OK. Mais son chat avait sept vies. Et lui aussi.

Ce soir-là, avant de se coucher, le docteur Chasseloup s'avisa que la fille du docteur Baudoin avait un prénom. Elle s'appelait Violaine et c'était charmant.

12
Le mardi, le mercredi, le jeudi

Comme les autres soirs, la fidèle Adélaïde apporta à Violaine les cours de la journée. Mais ce mardi, elle y ajouta une enveloppe cachetée.

– Comme il ne pouvait pas te téléphoner, dit-elle, il t'a écrit. Il m'a demandé de transmettre.

– La poubelle est à droite de mon bureau, répondit Violaine, en faisant semblant d'être très intéressée par les notes que son amie avait prises en géographie.

Adélaïde posa la lettre sur l'oreiller, se doutant que la curiosité finirait par l'emporter. En effet, dès qu'elle fut partie, Violaine décacheta l'enveloppe et en sortit une feuille quadrillée :

« Violaine, j'ai essayé des tas de fois de t'appeler et finalement j'ai appelé Adélaïde, qui m'a expliqué. Je suis désolé de ce qui t'arrive, je ne pensais vraiment pas. Je me demande même comment c'est possible. Mais si tu dis que c'est moi, tu dois le savoir mieux que moi. Donc, je te fais mes excuses. Je comprends tout à fait que tu ne le gardes pas. Tu es trop jeune et moi aussi, de toute façon. J'espère qu'on pourra se revoir quand tu iras mieux. Tu comptes beaucoup pour moi. Tu es une fille super. Je rêve de toi, la nuit.

Domi

P-S. J'ai changé de numéro de portable. Je te donne le nouveau : 06... »

Violaine lut la lettre, le regard agrandi par l'incrédulité. Elle était à des années-lumière de ce type ! Il espérait la revoir quand elle irait mieux ! Elle en eut un ricanement douloureux. Puis elle déchira la lettre en songeant qu'Adélaïde, qui lui avait promis de garder le secret, l'avait finalement trahie.

Le mercredi matin, sa mère vint la serrer dans ses bras avant de partir pour le laboratoire. Son père glissa sous sa porte un petit mot écrit sur une carte de visite : « N'hésite pas à m'appeler. Je ferai tout pour toi. Papa. »

Quand Adélaïde passa chercher Violaine, elle se fit fraîchement accueillir.

– Trahie! s'écria-t-elle. Non, attends, quand même, je t'ai pas trahie... Il me posait des tas de questions. Je mens très mal. En plus, il avait l'air de sous-entendre que tu couchais déjà avec un autre... Ça m'a énervée, j'ai voulu le mettre en face de ses responsabilités.

Comme elle trouvait la formule judicieuse, Adélaïde la répéta: «le mettre en face de ses responsabilités.»

– Eh bien, tu as réussi, lui répliqua Violaine. Il me fait des excuses.

Puis elle hurla:

– Mais vous ne comprenez rien, ni les uns ni les autres!

Adélaïde n'osa pas protester mais, au fond d'elle-même, elle se trouvait tout de même mal récompensée de son dévouement. Elles partirent pour le Centre de planification dans le plus complet silence.

À l'hôpital, Vianney, qui venait d'arriver, héla Annie dans un couloir.

– Bonjour! Je vois encore mademoiselle Sanchez aujourd'hui?

Il était étonné, la jeune Héléna lui ayant fait part de sa décision de poursuivre sa grossesse.

– Euh, non, bredouilla Annie entre rire et embarras. En fait, c'est madame Sanchez, sa... sa mère, qui désire te voir. J'ai vu Héléna hier avec son ami. Elle voulait me le présenter. Un grand beau gars tout bronzé. Il a vingt ans, il travaille dans le bâtiment, il est très fier d'être un futur papa. Et... ils veulent se marier.

Dès la première rencontre avec la toute jeune fille, Annie avait compris qu'elle était très amoureuse et que le bébé, s'il était bien un « accident contraceptif », avait déjà trouvé une place dans son cœur et dans son corps.

– Et tu as reparlé avec mademoiselle Baudoin ? questionna Vianney en essayant de prendre un air peu concerné.

– Au sujet de l'anesthésie ? Elle n'en veut vraiment pas.

Annie sourit en repensant à leur conversation. Elle s'était attachée à la jeune fille.

– Elle m'a dit qu'elle voulait « savoir ce qui lui arrivait ». « Être consciente. » C'est incroyable comme elle a évolué en quelques jours. Tiens, d'ailleurs...

Elle se tut et regarda vers la salle d'attente.

– Elle est arrivée. Avec la copine.

– Je vais dans mon bureau, marmonna Chasseloup.

Il traversa la salle d'attente, l'air préoccupé.

Violaine se sentait prête. Le matin même, elle avait relu le document que le docteur Chasseloup lui avait remis lors de la première consultation et qui indiquait :

«Jour 7. Vous confirmez votre demande d'interruption de grossesse. Vous avalez trois comprimés de Mifegyne® en présence du médecin. Vous rentrez chez vous en sachant où téléphoner en cas de nécessité. Les saignements utérins commencent habituellement un ou deux jours plus tard.»

– Vianney vous attend, lui signala Annie.

Violaine se leva seule. Dans son bureau, Chasseloup avait préparé le formulaire à remplir. Il salua Violaine, sa timidité lui donnant un air un peu solennel.

– Voilà, dit-il, si vous en êtes d'accord, vous datez et vous signez.

Elle lut :

«Je soussignée, Violaine Baudoin, déclare avoir demandé une interruption volontaire de grossesse après consultation d'un médecin et d'une conseillère conjugale, qui m'ont délivré une information sur les modalités et les risques liés à cette intervention. Je maintiens ma décision après réflexion. »

Violaine prit le stylo que lui présentait Vianney, data et signa.

– Merci, marmonna-t-il. Vous maintenez aussi votre décision pour la méthode ?

– Oui.

C'était un oui tranchant comme un scalpel. Vianney posa sur le bureau un verre d'eau et une plaquette de comprimés.

– Il y en a trois.

– Ils sont gros.

– Assez.

Elle en détacha un de la plaquette et le regarda avec plus d'attention qu'il n'en méritait en lui-même.

– Est-ce que… Si, plus tard, je veux des enfants…

– Ça n'aura aucune incidence, l'interrompit Vianney. Vous êtes féconde, vous le resterez. Il faudra d'ailleurs penser à la contraception.

Elle hocha la tête. Elle aurait aimé lui dire que les garçons… Mais bon, elle était là pour avaler des cachets.

– Hou, ça passe pas facilement, fit-elle en portant la main à sa gorge.

– C'est généralement ce qu'on nous dit. Prenez votre temps.

Elle détacha un deuxième comprimé de Mifegyne® et le considéra avec une moue de répugnance.

– Mon problème, c'est que la pilule, ça me dit rien. J'ai l'impression de m'empoisonner.

– Il y a le stérilet. On prétend souvent qu'on ne peut pas en poser à des femmes qui n'ont pas eu d'enfants. Mais c'est inexact.

– J'aimerais pas avoir un truc dans le corps.

Elle goba le deuxième comprimé et soupira. C'était vraiment dur à avaler.

– Il y a d'autres solutions, poursuivit Vianney. Mais moins fiables. Je vois malheureusement pas mal de grossesses sous préservatif.

Violaine gardait dans sa paume le dernier comprimé.

– En fait, dit-elle, je n'ai plus envie.

Vianney tressaillit. Allait-elle renoncer à l'IVG en cours de route ?

– Plus envie ?

– Oui. Les garçons. Déjà, avant, ça ne me disait pas trop. J'ai accepté avec Dominique, mais c'était pour faire comme les autres. Autrement, on n'est pas normales. On vous colle l'étiquette «fille coincée».

Elle avala le dernier comprimé.

– Franchement, je suis dégoûtée. C'est trop cher payé. Tous les ennuis, c'est pour nous. Les hommes, ils s'en foutent!

Elle regarda Chasseloup, les yeux gros de larmes.

– La vie est mal faite. Tout le mauvais est du même côté. Les règles, la contraception, les IVG, la grossesse. Toujours nous, quoi!

– Vous en oubliez, observa Vianney, qui imita son ton excédé: l'accouchement, l'allaitement, les nuits blanches quand le petit fait ses dents...

Elle se mit à rire.

– Non, ça, c'est bien.

– Quoi donc?

– Le bébé.

Elle eut l'impression de recevoir un coup de faux dans le ventre. Elle se recroquevilla dans le fauteuil, enfouissant son visage dans ses mains.

– Qu'est-ce qu'il y a? Vous avez mal? Violaine?

Devait-il se lever, aller vers elle, la réconforter?

– Le bé... é... béé, sanglota-t-elle.

– Vous en aurez un! Quand vous aimerez quelqu'un, quand vous serez prête.

Elle redressa la tête et, d'un revers de main, se barbouilla le visage de ses larmes.

– Je l'appellerai Vianney.

– Pardon?

– Mon bébé... J'ai pensé à Vianney parce que...

Elle renifla.

– J'ai dû lire ce prénom sur...

Elle dessina un rectangle dans l'air. Vianney la considérait, perplexe.

– Mais si! s'énerva-t-elle. Le truc, en bas de l'immeuble. La plaque de docteur. Il y a Vianney dessus, Vianney Chasseloup. J'ai dû enregistrer sans faire attention. Et après, je me suis dit: tiens, Vianney, c'est bien comme prénom pour un garçon.

– Vous aurez peut-être une fille, dit-il pour se tirer d'embarras.

– Là, j'ai pas d'idée. Vous aimez quoi, vous, comme nom de fille?

– Heu, Violaine, c'est très joli, fit-il, pris au dépourvu.

– Oui, mais je vais pas l'appeler comme moi!

Chasseloup pensa: «Vous aimez "Vianney", et moi, j'aime "Violaine".» Mais il se tint coi.

– Et là... c'est fini? lui demanda-t-elle.

– C'est fini jusqu'à vendredi. Vous rentrez chez vous. Si vous vomissiez dans l'heure qui vient, il faudrait revenir prendre des comprimés. Vous aurez peut-être dans les heures qui viennent des douleurs semblables à celles des règles. Et quelques saignements.

Il s'aperçut, au vide de son regard, qu'elle n'écoutait pas. Elle se leva et il en fit autant.

– Eh bien, au revoir, mademoiselle. Je ne serai pas là vendredi. Mais Marjorie veillera sur vous.

Elle parut réintégrer son corps.

– Vous ne serez pas là ?

– Je serai rue du Château-des-Rentiers… Mais je peux faire un saut au Centre en fin d'après-midi.

Pour une fois, il expédierait ses patients.

– À vendredi, dit-elle, comme si la chose était convenue entre eux.

Elle retrouva Adélaïde dans la salle d'attente et lui sourit. Elle ne lui en voulait plus. Sur une chaise, près du radiateur, il y avait la dame bruyante de l'autre jour, qui se faisait toute discrète, les yeux baissés sur ses souliers.

Ce soir-là, Violaine fut incapable de se lever pour aller dîner.

– Fatiguée, fut le seul commentaire de sa mère quand la famille passa à table.

– Mais c'est tout le temps ! s'exclama Paul-Louis.

Les autres, qui savaient, se turent, en supposant qu'ils étaient les seuls à savoir.

Violaine dormit très peu. Désormais, la douleur abdominale s'associait à la nausée et elle ne pouvait plus rien faire d'autre que laisser passer les heures, couchée sur le flanc. Le matin, il y eut un défilé dans sa chambre. Sa mère lui apportant son petit déjeuner, son père osant à peine lui poser des questions, sa petite sœur lui mettant son ours sur l'oreiller. Violaine crut enfin pouvoir souffrir tranquille quand son frère entra à son tour dans sa chambre, tout habillé, le classeur sous le bras.

– Heu, j'y vais, dit-il. Mais je voulais te signaler qu'il y a un type dans ma classe dont la sœur est en terminale S, mais pas la même que la tienne. Et sa sœur connaît une fille dans ta classe, mais ce n'est pas Adélaïde, qui raconte qu'une fille de la classe est enceinte et que c'est pour ça qu'elle est absente depuis un moment.

– Et alors ? fit Violaine, après avoir suivi, le cœur battant, ces lumineuses explications.

– Alors, rien. C'est pour que tu le saches.

Il lui tourna le dos et, la main sur la poignée de la porte, d'une voix qui détachait bien les mots, il ajouta :

– Si on t'emmerde, tu me le dis. On ne t'emmerdera pas longtemps.

Pauvre Pilou ! Comme les autres garçons, à des années-lumière de la situation…

– Ne t'en fais pas. Je serai au lycée lundi, dit-elle sans y croire.

Lundi était une terre promise. C'était après, après la nausée, après la douleur, après l'angoisse et le chagrin. À se demander si lundi existait.

13
Vendredi

Dans sa chambre, Violaine relut le document :

« Jour 9. Vous revenez au centre prescripteur. La prostaglandine est administrée. Vous restez au repos quelques heures puis vous rentrez chez vous. L'expulsion de l'œuf se produit pendant que vous êtes dans le centre prescripteur, ou durant les heures qui suivent. Les saignements persistent habituellement jusqu'à la consultation de contrôle. »

Une fois de plus, Adélaïde, séchant les cours, la rejoignit.

– Tu as vu, on est vendredi 13 ! dit-elle d'un ton réjoui en embrassant Violaine.

– Et alors ?

– Mais ça porte chance !

– Je croyais que ça portait malheur.

Au Centre, elles ne virent pas Annie, seulement Luce, l'aide-soignante.

– Annie est très occupée, leur dit Luce. Je sais pas ce qu'elles ont toutes en ce moment !

Luce pensait que les femmes qui venaient au Centre avaient bien cherché ce qui leur arrivait.

– Le docteur Chasseloup vous a-t-il dit s'il passerait ? demanda Violaine, cherchant quelque réconfort.

– Je vois pas pourquoi il passerait un vendredi, lui rétorqua Luce. Il a mieux à faire !

Elle toisa Adélaïde :

– C'est vous qui accompagnez ?

– Oui.

– C'est pas la peine que vous perdiez votre après-midi. Ça m'étonnerait que votre copine puisse partir avant 18 heures. Donc, le mieux... Vous avez des portables ?

Toutes deux acquiescèrent et Luce s'adressa cette fois à Violaine :

– C'est interdit d'utiliser le portable dans l'hôpital. Mais vous appellerez de la salle d'attente pour dire à votre copine qu'elle vienne vous chercher.

Le mot « copine » sonnait dans sa bouche de façon presque insultante. Rien n'était clairement dit, mais tout le comportement de Luce signifiait :

« Vous êtes deux gamines, vous couchez à droite, à gauche, et la plus bête des deux s'est fait pincer. » Adélaïde regarda Violaine, hésitante :

– Je te laisse ?

– Mais oui ! répondit Luce à sa place. Il va rien lui arriver. Faut pas être chochotte non plus.

La féminité naissante de Violaine éveillait en elle quelque sourde rivalité.

– Marjorie ! Marjo !

L'infirmière passait dans le couloir et Luce courut la rattraper.

– Elle est désagréable, cette bonne femme, fit tout bas Adélaïde. Mais je peux rester, tu sais.

L'infirmière antillaise s'avança vers elles, avec le sourire machinal qu'elle adressait à tout le monde.

– Ça va, les filles ? Bon, Violaine, c'est toi ? Alors, tu me suis...

– Et moi ? demanda Adélaïde.

– Je lui ai dit qu'elle a pas besoin de traîner ici, intervint Luce.

– Elle fait comme elle veut, dit Marjorie. Mais je préfère qu'elle soit là pour la sortie.

Elle fit signe à Violaine de la suivre, elle était débordée. Les deux amies se jetèrent un long regard.

Elles se connaissaient depuis le CP. Les lèvres d'Adélaïde articulèrent silencieusement : « Je reste. »

Violaine entra dans un bureau qu'elle ne connaissait pas.

– Voilà, c'est sur la table, lui dit Marjorie. Les deux comprimés de Cytotec…

Violaine avala sans faire de commentaires.

– Et encore ceux-là, reprit Marjorie en tendant deux autres cachets. Ça, c'est pour pas avoir mal…

Violaine avala.

– Bon, alors, la chambre est à côté. Une chambre de trois lits. Y a déjà deux autres personnes. C'est pour la même chose que toi, hein ? Tu as un cabinet de toilette dans le fond. Ça va pas mal saigner, hein, on t'a dit ?

Violaine sentait la panique monter en elle. Elle acquiesça.

Elle n'entendit plus que dans un brouillard l'infirmière qui lui parlait de protections, de contractions, de caillots.

– C'est à toi d'évaluer la douleur, conclut Marjorie. Y en a qui ressentent pas grand-chose, d'autres qui disent que ça fait comme des règles très fortes ou des coliques. Si tu as mal, tu m'appelles, hein ? Je suis jamais loin. Mais faut pas non plus m'appeler pour rien, hein?

Violaine entra dans la chambre.

– Jamais deux sans trois! fit gaiement Marjorie.

Personne ne réagit. Il y avait une forme ensevelie sous une couverture marron d'où sortait le son désagréable d'un lecteur MP3 poussé à fond. Dans l'autre lit, une femme soupirait en feuilletant un magazine people. Violaine regretta de n'avoir pas apporté son cahier d'histoire ou son manuel de philo pour s'occuper. Quatre heures, c'était long. Mais vingt minutes plus tard, couchée en chien de fusil sur le lit d'hôpital, elle comprit qu'elle n'aurait rien pu faire de toute façon.

Vianney ne pensait pas distinctement à Violaine en ce vendredi après-midi, mais, sans vouloir se l'avouer, il avait un peu bâclé ses consultations.

– Monsieur Bernard?

Le gros homme était le dernier patient.

– Alors, que vous est-il arrivé?

Vianney posa la main sur l'épaule de monsieur Bernard.

– Bah, vous m'aviez prévenu. Je me suis fait un infarctus.

– Quitte pour la peur ? Asseyez-vous.

Monsieur Bernard essaya de ne pas faire craquer la chaise dénonciatrice. Il semblait moins faraud que la fois précédente. Il avait vu la mort de près.

– Ma femme est dans tous ses états. J'étais pas rentré des urgences qu'il fallait que je prenne rendez-vous avec le docteur Chasseloup.

Il imita sa femme :

– « Il te l'avait bien dit de faire du régime. Et les analyses, tu repoussais toujours à demain. Et ci, et ça… »

Vianney souriait patiemment. Il venait de jeter un coup d'œil à sa montre. 17 h 45. Il ne serait jamais à temps au Centre de planification familiale. Il connaissait bien ses vieux malades. Monsieur Bernard allait lui raconter son infarctus dans le détail, sans oublier de lui faire la sirène de l'ambulance. À 18 h 10, les deux hommes se serrèrent la main sur le seuil du cabinet.

– À la prochaine, si Dieu le veut ! dit le gros monsieur Bernard.

– Dieu, je ne sais pas, mais votre femme, certainement.

Ils rirent tous les deux. Mais dès que la porte se fut refermée, Vianney courut récupérer son blouson dans son bureau. Quoique Violaine fût sans doute repartie, il allait tenter sa chance.

En traversant la salle d'attente de l'hôpital, Vianney passa devant une jeune fille appuyée contre le radiateur, le teint aussi gris que les murs, les yeux mi-clos.

Il revint sur ses pas :

– Vous ne seriez pas une amie de mademoiselle Baudoin ?

Adélaïde sursauta :

– Hein ? Heu, oui. Elle va sortir ?

– Ce n'est pas encore fait ?

– Non. Et moi, je vais devoir rentrer chez moi. On m'avait dit 18 heures...

– Un instant, je vais me renseigner.

Comme il empruntait le couloir, Marjorie apparut à l'autre bout. Elle courut presque à lui :

– Oh, Vianney, cette chance ! J'en ai une qui ne va pas bien du tout. Une fille brune, très jeune, je ne sais pas si tu vois...

– Violaine, fit Vianney en attrapant l'infirmière aux poignets comme pour la mettre aux arrêts. Qu'est-ce qu'elle a ?

– Elle fait une hémorragie.

Il relâcha Marjorie et partit vers les chambres à

grandes enjambées tandis que l'infirmière le mettait au courant :

– Elle s'est beaucoup plainte, au début. Ça faisait un peu cinéma. Je lui ai donné un calmant. Après, j'ai vu qu'elle perdait trop de sang.

– Tu as prévenu Annie ?

– Elle a été prise tout le temps, cet après-midi. Et puis elle est partie sans que j'aie eu le temps de l'avertir.

Vianney devinait entre les mots qu'on avait laissé Violaine de côté, en supposant qu'elle faisait des « chichis ».

Dans la chambre, un seul lit était encore occupé. Violaine, les yeux fermés, était si blanche qu'elle semblait peu à peu s'effacer. Vianney s'accroupit à son chevet.

– Violaine ? Eh bien, qu'est-ce que vous nous inventez ?

– Je sais pas, fit-elle d'une petite voix. Vous voulez bien prévenir mes parents ?

– Oui, mais il n'y a rien de bien méchant…

Il était aux abois. Il n'avait encore jamais affronté ce genre d'urgence. Il se redressa et passa quelques ordres à mi-voix : poser une perfusion, voir si le bloc opératoire était disponible, contacter l'anesthésiste.

Puis il retourna au pas de charge vers la salle d'attente :

– Mademoiselle !

Adélaïde se leva, les mains jointes. Elle avait compris que quelque chose clochait.

– Je vais devoir opérer mademoiselle Baudoin. Ce n'est rien, cinq minutes d'anesthésie. Mais ses parents vont s'inquiéter. Elle ne rentrera pas ce soir chez elle.

– Je vais les prévenir.

– Merci. Dites-leur que c'est…

Il réfléchit et préféra simplifier :

– Dites-leur que c'est une IVG sous anesthésie générale et que c'est le docteur Dubois qui opère. Vous vous souviendrez : Dubois ?

Au sortir de l'anesthésie, la première personne que Violaine aperçut, penchée au-dessus d'elle, ce fut Vianney.

– Ça s'est bien passé, lui chuchota-t-il.

Elle crut avoir seulement refermé les yeux quand elle les ouvrit, le lendemain matin. Sa mère était là.

Son père. Le petit déjeuner aussi. Mais elle était encore sous perfusion, et très faible, incapable de se redresser toute seule. On l'entourait, on la câlinait. Marjorie était aux petits soins et Luce dans ses petits souliers. Annie passa dans la chambre.

– Ça n'arrive jamais, des choses pareilles. Quelle histoire, ma pauvre ! s'écria-t-elle en s'emparant de la main toute froide de Violaine. Heureusement que le docteur Ch…

– Dubois ! la coupa Violaine.

– Non, le docteur…

– Si. Dubois. Qui m'a opérée, insista Violaine en lançant un SOS muet à Annie.

– Oui, Dubois, répéta docilement Annie. Le docteur Dubois qui passait à ce moment-là et qui a pu opérer. Une chance !

Le docteur Dubois était couchée dans une autre aile de l'hôpital, plus opérée qu'opérante.

– Une chance, oui, répétèrent gravement les parents de Violaine.

L'état de leur fille nécessitait quelques heures de repos et de surveillance. Elle ne sortirait que dans la soirée, et si tout allait bien.

En cours de matinée, monsieur et madame Baudoin furent relayés par Adélaïde.

– Ce que j'ai eu peur ! dit-elle en serrant son amie sur son cœur.

Ce samedi après-midi, Vianney commença sa consultation au Centre par une visite dans la chambre de Violaine.

Il prit une chaise, ne s'autorisant pas à s'asseoir au bord du lit.

– C'est fini, dit-il, terminé. Vous allez reprendre votre route. Le chemin du lycée. Vous avez encore mal ?

– Supportable, fit-elle du bout des lèvres. Vous savez, hier, à un moment, j'ai eu envie de mourir.

Il s'en doutait un peu.

– Mais c'est fini, répéta-t-il.

– Je ne voulais pas faire ce que je faisais. Je suis contre ça, contre…

– Arrêtez de vous tourmenter ! Rien de ce qui nous arrive n'est entièrement mauvais.

– J'aurais pu être une maman, dit-elle. Je sais que j'aurais pu. Même la nausée, l'accouchement, tout, je peux tout supporter.

C'était sa découverte, son assurance sur l'avenir.

– Mais je ne voulais pas d'un bébé de cette façon-là, ajouta-t-elle en secouant la tête.

– Mais bien sûr ! Un bébé, il faut qu'on le désire. Moi...

Vianney s'arrêta dans son élan. C'était ridicule de parler de soi à un tel moment.

– Vous ?

– Oh, c'est stupide, ce que je vais vous dire... Moi, on ne m'a pas voulu. Ma mère est tombée enceinte et, je ne sais pas pourquoi, elle a dû garder l'enfant. Elle m'a abandonné à la naissance et elle a disparu.

– Vous avez été adopté ?

– Non. Malheureusement, j'avais un grand-père. J'ai été son souffre-douleur pendant dix ans.

– Il vous battait ?

– C'était pire. Ça ne se voyait pas. Il me forçait à manger des choses immondes en prétendant que j'aimais ça. Il m'a mis dans la tête que j'avais fait fuir ma mère à ma naissance. Tout le monde admirait mon grand-père parce qu'il m'élevait. Et moi, je ne comprenais pas pourquoi je le détestais. J'ai longtemps cru que j'étais méchant.

– Oh non, pas vous ! s'exclama Violaine. On ne peut pas imaginer ça de vous...

Elle hésita avant de lui avouer :

– Vous savez à quoi vous me faites penser ? Mais

c'est un peu bizarre. J'espère que vous n'allez pas vous vexer ?

Il sourit à sa manière.

– Je trouve que vous ressemblez à un âne. C'est vos yeux ! Et... et la figure un peu longue...

– Mouiiii, fit-il, indécis. Remarquez, j'aime beaucoup les ânes. Et vous ?

– C'est mon animal préféré.

– C'est déjà quelque chose, se consola Vianney.

Après le départ du docteur Chasseloup, Violaine glissa dans un sommeil moelleux comme elle n'en avait encore jamais connu. Elle rêva. Vianney était dans ce rêve, habillé en pyjama. Il était dans le jardin des Baudoin, à Deauville, et il disait à Violaine :

– Plantez un arbre, ma chérie. Les ânes adorent les arbres.

Quand elle s'éveilla, Violaine constata qu'elle ne souffrait plus. Ou si peu. La nausée s'était envolée. Elle était délivrée. Elle posa les mains sur son ventre et se promit de planter un arbre au jardin de son père.

14
Violaine devient romantique

Jean et Stéphanie traversèrent en silence la cour de l'hôpital. Stéphanie songeait, le cœur serré, qu'il était triste de commencer sa vie de jeune fille comme le faisait Violaine. Jean se disait, soulagé: «Bon, le coup est tombé. C'est dur mais elle s'en remettra.»

– Mais tu vois, fit-il à voix haute, si, tout de suite, j'avais en face de moi l'imbécile responsable de tout ça, je pense qu'il prendrait mon poing dans la gueule.

– On est deux pour ce genre de choses, lui rappela Stéphanie. Violaine est aussi responsable. Et, d'une certaine façon, nous aussi…

Il lui jeta un regard de côté et estima le terrain glissant. Tout n'était peut-être pas réglé entre eux deux.

– Bon, déclara-t-il, je vais revoir mes chers malades.

Il fila rue du Château-des-Rentiers et la trouva plus en pente que d'habitude. Il s'essoufflait. Plus la vie passe, plus on a de poids à tirer. En entrant dans le hall de l'immeuble, il reconnut de dos le jeune homme qui attendait l'ascenseur en fredonnant.

– Bonjour, Chasseloup.

– Oh, bonjour, docteur... heu...

Vianney se racla la gorge. Il horripilait Jean avec son air de chien battu mais content quand même, content de faire ce métier où il ne réussirait jamais.

– La vie est belle ? lui demanda-t-il avec une soudaineté féroce, une fois dans l'ascenseur.

Vianney en sursauta :

– Oh... oui, oui, la... Et pour vous aussi, j'espère ?

Jean ricana :

– Après la gastro, c'est la rhino. On fait le plein, en ce moment.

Vianney ne répondit rien.

– Bonjour, docteurs ! les accueillit Josie.

Mais elle réserva son sourire à Vianney, qu'elle finissait par trouver gentil.

– Alors, qu'est-ce qu'il nous tombe comme tuiles, ce matin ? fit le docteur Baudoin en regardant son planning. Un eczémateux, un migraineux et une variqueuse. Épatant.

Son métier le dégoûtait. Il ne s'en cachait même plus.

Il s'éloigna, laissant Chasseloup et Josie échanger un regard effaré.

Jean alla s'affaisser dans son fauteuil et s'entendit marmonner :

– J'en peux plus.

Au sortir de l'hôpital, il avait cru que la nuée allait se disperser, que le danger était passé. Mais non, c'était là, au-dessus de sa tête. Il grimaça en se frottant la poitrine, puis porta la main à sa gorge. « C'est de l'angoisse à l'état pur », se dit-il. Il allait devoir se coller aux anxiolytiques.

– Veux-tu qu'on aille à Deauville ? lui proposa Stéphanie après le dîner.

Il leur était arrivé de foncer dans la nuit vers leur villa pour s'éveiller le lendemain matin au bord de la mer.

– Des kilomètres en bagnole sous la pluie, c'est tout ce que tu as trouvé ? D'ailleurs, à quoi ça nous sert, cette bicoque ?

– Bicoque !

– On s'est tués à la payer. Qui en profite, à part les mouettes qui chient sur le toit ?

– Tu deviens odieux, à la fin ! s'écria Stéphanie, la voix pleine de larmes.

Jean savait qu'il allait trop loin. Mais une phrase en entraînait une autre. Il ne se maîtrisait plus.

– Excuse-moi, murmura-t-il. Je ne vais pas bien.

– Moi non plus.

Jean crut se prendre une décharge électrique.

– Qu'est-ce que tu as ?

– Ce n'est peut-être rien. J'ai fait une mammo vendredi et le cabinet de radiologie m'a appelée pour que j'y retourne lundi.

– Pourquoi ?

– Un cliché qui ne serait pas net.

Jean comprit pourquoi l'angoisse ne s'était pas relâchée. En fait, le coup n'était pas encore tombé. La phrase du radiologue était grosse de menaces. « Un cliché pas net », exactement ce que lui-même aurait dit à une patiente pour préparer le terrain.

Cette nuit-là, Jean serra sa femme dans ses bras et lui fit si bien comprendre qu'il l'aimait toujours que, le lundi matin, Stéphanie se sentit prête à affronter tous les cabinets de radiologie du monde.

– Exige d'avoir les résultats tout de suite, hein? lui murmura-t-il à l'oreille.

– Ne t'en fais pas.

Les enfants ne s'aperçurent de rien.

Stéphanie conduisit Cerise à l'école, Paul-Louis partit au lycée avec Sixte, et Violaine se rendormit sous sa couette.

Vers 11 heures, le téléphone sonna dans le bureau du docteur Baudoin.

Il crut se vider de son sang.

– Excusez-moi, dit-il à sa patiente.

– Je vous passe madame Sol, fit Josie de sa voix la plus revêche.

– Oui, merci.

Deux secondes d'attente et:

– Jean? Il n'y a rien.

– Rien?

– Ils ont refait le cliché. Il n'y a rien.

– Sûr?

– Sûr.

– À ce soir.

Il prit son temps pour reposer le téléphone et faire de nouveau face à sa patiente.

– Depuis quand avez-vous ces démangeaisons?

lui demanda-t-il en refoulant une envie de pleurer, tant ses nerfs lâchaient.

– C'est pas vraiment des démangeaisons, c'est plutôt une sensation de cuisson.

« Violaine est sauvée, Stéphanie est sauvée, récapitulait Jean. Cerise et Paul-Louis vont bien. »

– Ça vous chatouille ou ça vous gratouille ? fit-il soudain, en imitant la voix profonde de Louis Jouvet.

La dame connaissait « Knock », mais la plaisanterie la vexa.

– Si je vous ennuie, fit-elle, le ton pincé, dites-le-moi.

Jean lui colla double dose de médicaments et d'examens. Puis les consultations s'enchaînèrent et le cabinet ne désemplit pas avant 21 heures. Il en fut de même les jours suivants, l'angine et la bronchite asthmatiforme venant en renfort de la rhino-pharyngite.

Le jeudi soir, arrivant de son cabinet et le manteau encore sur le dos, Jean vit de la lumière dans la chambre de Violaine et toqua à sa porte.

– Tu rentres seulement ?

C'était la première fois qu'elle remarquait la dure vie que menait son père.

– Comment tu vas ? lui demanda-t-il sans oser entrer.

Cette jolie chambre aux murs paille, ce lit en rotin, cette lumière dorée et sa fille appuyée contre les oreillers… Il était presque intimidé.

– Je vais retourner au lycée demain.

– Tu crois ?

Il avait peur pour elle, il aurait voulu la protéger jusqu'à la fin des temps.

– Je n'ai pas envie de rater mon année, j'ai assez raté de choses comme ça.

Elle avait légèrement froncé les sourcils, comme si elle se grondait elle-même. Jean la regardait, secrètement ébloui. Derrière l'enfant était la femme en filigrane. Heureux celui qui en serait amoureux !

– Bonne nuit, ma chérie.

– Tu as l'air fatigué, mon petit papa.

Le lendemain, à la récréation de 10 heures, Violaine comprit que son histoire avait déjà fait le tour du lycée. Les filles l'observaient de loin. Méfiantes. Violaine était-elle encore des leurs ? Les garçons essayaient des demi-sourires, la regardaient à hauteur des seins. Adélaïde se tenait à ses côtés, en garde du corps. Elle savait que tout était parti d'elle et de ce stupide coup de téléphone où elle avait cru mettre Dominique «en face de ses responsabilités». Il serait d'ailleurs bien difficile à Violaine d'éviter le garçon tout au long de l'année. Il était en classe préparatoire et elle risquait de le croiser dans un couloir ou un escalier.

Cours après cours, Violaine s'aperçut que les professeurs, cherchant à la remettre à flot après cette longue absence, lui parlaient d'une façon affectée ou affectueuse. Elle-même opta pour une dignité froide. Et, à chaque heure de la journée, elle appela la nuit de ses vœux.

La nuit était désormais son domaine. Bien au chaud dans son lit, elle s'inventait des amours, elle rencontrait un homme, il l'aimait, elle le faisait souffrir, attendre. Il la trahissait mais il revenait, vaincu. Le premier baiser l'embrasait toute, elle avait peur de se retrouver seule à seul avec lui. Aurait-elle la force de lui résister? Il le fallait, pour l'obliger à rompre. Car il n'était pas libre, il avait une maîtresse qui lui avait donné des «goûts dépravés» (Violaine adorait cette expression). C'était un «libertin» (encore un mot à vous donner des palpitations), mais elle saurait lui faire prendre le droit chemin. Elle l'appelait Serge, Valentin ou Nils selon les nuits, mais le plus souvent, c'était Vianney. Quand elle s'endormait, elle n'avait toujours pas cédé.

Le samedi soir, ce fut la fête du rallye. Paul-Louis s'était astiqué de haut en bas et brillait comme un sou neuf.

– Avec la cravate, c'est vraiment un homme, remarqua Cerise. Mais en petit.

Monsieur et madame Baudoin rirent de la réflexion et Pilou haussa une épaule. Il ressemblait à Jean. En modèle réduit. Quand il eut passé la porte en compagnie de Sixte, ses parents échangèrent un regard de niaise satisfaction.

Vers 11 heures, alors qu'il était dans son premier sommeil, Jean crut entendre sonner son réveil, puis il réalisa que c'était le téléphone.

– Mmmallô ?

– Docteur Baudoin ? Désolée de vous déranger, c'est madame Beaulieu de Lassalle. Nous avons un petit souci avec Paul-Louis.

Pilou, son gamin. Ça n'en finirait donc jamais ! Le nœud d'angoisse se resserra.

– Il y a eu une… sorte de bousculade et votre fils est tombé à la renverse. Il a heurté une chaise…

– Il a perdu connaissance ?

– Non… pas vraiment.

Jean sentit qu'il allait perdre son temps à lui soutirer les mots.

– J'arrive. Ne le bougez pas.

Dès qu'elle fut au courant, Stéphanie voulut accompagner son mari.

– Non, reste avec les filles. Si c'est nécessaire, je le conduis aux urgences. Et je t'appelle.

Il regretta, en prenant sa voiture, de ne pas avoir droit au gyrophare. Il n'en grilla pas moins deux feux rouges et se fit probablement flasher par un radar.

– Vraiment, je suis très ennuyée, docteur Baudoin…

Madame Beaulieu de Lassalle prenait son ton de voix le plus misérable, tout en restant mondaine.

– Il a une grosse bosse, ça, c'est certain. Pour le reste… il… il divague un peu. Le choc, sans doute.

Jean ne fit pas le moindre effort de courtoisie. Il alla droit à son gamin. On l'avait allongé sur le côté dans la pénombre, loin des clameurs de la fête. Son père alluma le plafonnier, lui desserra la ceinture et la cravate, lui palpa le crâne tout en l'appelant :

– Paul-Louis, ho, Pilou, tu es là ?

Le garçon geignit longuement. Jean s'agenouilla au chevet du lit et continua de lui parler :

– Tu me réponds ! Tu as mal ?

Un vague gargouillis s'échappa de Paul-Louis. Son père se baissa un peu plus sur lui :

– Tu as bu ?

– Nnnnon.

Jean se releva, brossa son pantalon du plat de la main, puis se tourna vers son hôtesse :

– Il est ivre.

– Oh, non, ce n'est pas possible, répondit-elle, très sûre d'elle. Je n'ai même pas cédé pour le champagne. C'est du Champomy.

– Et dans les chambres, vous avez vérifié ? Ils ont dû stocker de la vodka chez Sixte.

Madame Beaulieu de Lassalle en arrondit les yeux de stupéfaction.

– Et c'était quoi, cette bousculade ?

La mère de Sixte et Adélaïde prit son air de grande dame égarée en ce monde.

– Oh, je n'ai pas compris. Des histoires de garçons, vous savez... Pour une jeune fille, sans doute.

Jean se baissa de nouveau, prit son fils dans ses bras et se redressa avec un « han » de bûcheron. Lourd, le petit homme.

– Oh, mon Dieu, docteur Baudouin, vous allez

vous faire mal. Attendez, je vais appeler un des extras pour qu'il vous aide…

– Foutez-moi la paix, voulez-vous ? répondit le docteur Baudoin en s'éloignant.

L'explication eut lieu au petit jour, quand Paul-Louis sortit de sa griserie.

– Tu es content de toi ? Tu viens de te faire une jolie réputation, le harangua son père, le ton mauvais. Tu peux te dire que tu es rayé de la carte des rallyes à tout jamais. Qu'est-ce qui t'a pris ? Tu t'es saoulé et puis tu t'es battu ?

Le garçon porta la main à son front. Il avait l'impression que sa tête allait éclater.

– Tu t'es battu ? insista son père sans pitié.

– Ouiii, gémit Paul-Louis. Y avait… y avait un type à la soirée… Dominique, Violaine sortait avec, tu vois qui je veux dire ?

Le regard du docteur Baudoin prit une curieuse intensité.

– Oui, je vois.

– Il s'est vanté d'un truc… un truc avec Violaine.

La décence interdisait à Pilou d'en dire davantage. Il n'était ordurier que sur MSN.

– Et après ? l'encouragea son père.

– Ben... Sixte l'a entendu et il est venu me prévenir. J'étais dans la chambre, j'avais un peu... un peu bu, tu vois ?

– Je vois, dit le docteur Baudoin.

On aurait même dit qu'il transperçait le mur des yeux.

– J'ai cherché Dominique dans la foule, poursuivit Paul-Louis, dont la voix se raffermissait au fur et à mesure qu'il revivait la scène. Je lui ai dit : « On ne parle pas sur ma sœur », et je lui ai balancé mon poing dans la gueule. Mais ça m'a déséquilibré et je suis tombé à la renverse sur la chaise.

Il ne regrettait rien. Bien au contraire, avec la joyeuse férocité de son père, il ajouta :

– Je lui ai fait pisser le sang. Mais bien.

– Parfait, dit Jean sur le même ton.

15
Violaine prend ses précautions

Profitant d'une pause entre 13 heures et 13 h 15, le docteur Baudoin sortit de son armoire de médicaments diverses spécialités des laboratoires Ferrier et les aligna sur son bureau :

– Urbaloft, Lexopac, Zonax, Deropram, Seromil… Rien que du bonheur.

Jean examina chaque boîte d'anxiolytiques en faisant la moue. Comme la plupart de ses confrères, il ne se soignait jamais, estimant inconsciemment qu'être médecin le dispensait d'être malade, voire de mourir. Mais, ces derniers temps, il avait la sensation qu'un éléphant avait élu domicile sur sa poitrine, ce qui devenait gênant. Il avala deux Lexopac.

– En fait, la seule chose qui me soulagerait, déclara-t-il le soir même à sa femme, ce serait de partir en vacances. Et ne me parle pas de Deauville ! J'ai besoin de soleil.

Ils étaient tous les deux dans la cuisine, elle préparant le dîner et lui la regardant faire, les bras croisés. Violaine allait et venait entre la cuisine et la salle à manger, car elle mettait le couvert. De façon tout à fait nouvelle, elle aidait aux tâches ménagères sans qu'on ait à l'en prier.

– Eh bien, passons la Noël en Tunisie, proposa Stéphanie.

– Mais tu rêves ! Qu'est-ce que je fais de ma clientèle pendant ce temps-là ? Tu sais bien que, au réveillon, ils adorent se transpercer la main avec le couteau à huîtres, à la messe de minuit, papy attrape la mort dans les courants d'air et, le lendemain matin, le petit dernier avale le Lego que son frère vient de déballer. Je ne peux pas les laisser deux minutes sans qu'ils fassent des conneries.

Violaine, secouée de rire, sortait d'un tiroir les couteaux et les fourchettes. Elle jugea bon d'intervenir dans la discussion :

– Mais, papa, tu as un associé. Je croyais que tu l'avais pris pour te décharger…

– Je voudrais bien, ma chérie. Le problème, c'est que Chasseloup est un incapable.

Violaine détourna vivement le visage et cacha sa rougeur derrière ses longs cheveux.

– Il confond le métier de docteur avec celui de confesseur, reprit Jean, heureux de déverser son exaspération sur quelqu'un. Il lui faut une demi-heure pour prescrire un collyre ! Encore aujourd'hui avec madame Clayeux : trois quarts d'heure ! Et pour quoi faire ? Rien. Elle a la maladie d'Alzheimer. Il faut juste lui trouver un établissement qui la prenne en charge. Mais non, ce monsieur joue les bons apôtres et ma salle d'attente ne désemplit pas.

Il repoussa brusquement le tiroir des couverts que Violaine avait laissé ouvert.

– Je dois chercher quelqu'un d'autre, conclut-il.

Or, depuis quelques nuits, le héros que Violaine retrouvait dans son lit avait parfois de longs yeux sombres, il était souvent médecin et s'appelait toujours Vianney.

– Tu te rappelles le médecin au Centre de planification ?

Violaine et Adélaïde prenaient ensemble un café en face du lycée.

– Vianney ?

Violaine acquiesça

– Je ne te l'ai pas dit, mais c'est l'associé de papa.

– Je le savais, répondit Adélaïde. Par Annie. Je l'ai entendue parler du « docteur Chasseloup ».

Violaine hésita avant de se jeter à l'eau :

– Qu'est-ce que tu en penses ?

– D'Annie ? Que du bien.

– Arrête !

Elles rirent toutes les deux.

– Tu le sais, ce que j'en pense, lui rappela Adélaïde. Je trouve qu'il a une bonne tête.

Violaine baissa les yeux sur sa tasse de café.

– Je suis embêtée parce que papa dit que c'est un incapable.

– Un incapable ! Mais il t'a sauvé la vie.

– Papa ne le sait pas.

– Parce que tu n'as pas voulu lui dire.

– Ça me gênait.

Elle tourna la petite cuillère dans son café sans sucre. Puis elle rapporta à son amie les critiques de son père :

– Il trouve que Vianney est trop lent. Il prend trop de temps avec chaque malade. Il faudrait… il faudrait le prévenir.

– De quoi ?

– Que mon père va le jeter s'il n'accélère pas. Il faudrait que je lui parle.

Les deux filles chuchotaient au-dessus de leur tasse.

– Tu peux essayer de le voir à l'hôpital.

– Ah non, je ne remets plus jamais les pieds dans cet endroit.

– Ou bien tu vas au cabinet médical de ton père?

– C'est impossible, mon père me verrait! Non, j'ai une autre idée. Je passe le voir… chez lui.

Adélaïde en resta la bouche ouverte.

– Quoi? Qu'est-ce que j'ai dit? s'énerva Violaine.

– Non, rien. Mais tu sais où il habite?

– Non, il n'est pas dans l'annuaire. Mais Annie doit le savoir. Je lui téléphone au Centre et je lui demande.

– Tu lui dis que tu veux lui envoyer une lettre de remerciement, lui suggéra Adélaïde.

– Ou un petit cadeau.

La première, Adélaïde dégaina son portable.

– Tu appelles?

– Oui mais non. Pas maintenant.

– Tu ne vas pas recommencer. C'est oui, c'est oui. C'est non, c'est non.

– OK, passe.

Elle fit le numéro du Centre et eut très vite Annie en ligne.

– Violaine ! Je suis contente de vous entendre. Alors, comment ça va ?

– Très bien, Annie, je vous remercie...

Adélaïde lui fit signe d'enchaîner.

– ... et, à ce propos, je voulais aussi remercier Via... le docteur Chasseloup. Je pensais lui envoyer une lettre.

« Cadeau », articula silencieusement Adélaïde.

– Ou un petit cadeau. Mais je me suis aperçue que... hmm... je n'ai pas son adresse.

– Vous n'avez qu'à écrire au Centre « à l'attention du docteur Chasseloup », lui répondit Annie. Ça lui arrivera, ne vous en faites pas.

– Oui mais non, se débattit Violaine. Je préférerais lui écrire à son adresse.

Il n'était pas dans les habitudes d'Annie de donner à une patiente les coordonnées personnelles d'un médecin.

– S'il vous plaît, Annie...

Elle avait hésité à comprendre, mais au ton de voix suppliant de Violaine, Annie sut à quoi s'en tenir.

– Bon, mais vous êtes sage, hein ?

Violaine lui répondit par un rire et, quelques secondes plus tard, tendit son portable à Adélaïde :

– *I've got it !*

Restait à savoir quoi faire de cette première victoire.

Les deux filles établirent soigneusement leur plan de bataille. Chasseloup habitait non loin d'un troquet. Le dimanche suivant, vers 15 heures, elles y établirent leur QG.

– Je sonne, je monte, dit Violaine. Si, au bout d'un quart d'heure, je ne suis pas revenue, tu sonnes aussi et tu me rejoins.

Adélaïde se fit préciser :

– Je compte un quart d'heure à partir du moment où tu as sonné ?

– Mettons vingt minutes.

La différence entre vingt minutes et un quart d'heure parut tout à coup abyssale à Violaine.

– Non, un quart d'heure.

– Bon, tu te décides ? Dix-sept minutes, ça te va ?

Elles rirent nerveusement.

– Après tout, dit Adélaïde, il n'est peut-être pas là.

– Sûrement même. Un dimanche.

– Et s'il est avec une fille ?

Violaine se troubla en songeant que le héros de ses nuits se comportait comme un polisson (avant d'être réduit en esclavage par ses charmes).

– Tu me verras revenir plus vite.

Vianney était à la maison, dans l'ignorance bienheureuse de ce qui se tramait autour de lui. Il n'avait pas oublié mademoiselle Baudoin mais, ses journées étant chargées, son souvenir ne lui revenait qu'au moment de s'endormir. Comme il n'avait pas une once d'imagination, il n'en faisait pas la favorite de son harem ni la dame lointaine qui lui brisait le cœur. Il essayait juste de revoir le charmant visage dont les traits s'estompaient peu à peu.

Les dimanches étaient languissants. Le matin, jogging. L'après-midi, lecture et musique en compagnie de son chat. Quand la sonnerie de l'Interphone grésilla, il en fut statufié. Poubelle fila se cacher sous le fauteuil Voltaire. Cette sonnerie n'avait résonné que deux fois depuis que Vianney était là, lors du passage du facteur. Or le facteur du dimanche n'existe pas.

– Ça doit être une erreur, commenta Vianney.

Il alla tout de même parler dans l'Interphone :

– Oui, allô ? Vous désirez ?

Le verbe « désirer » ne pouvant amener la réponse : « le docteur Chasseloup », Violaine dit assez sèchement :

– C'est Violaine Baudoin.

Vianney s'empressa de lui ouvrir, convaincu qu'il venait d'arriver une catastrophe. Le cabinet médical était en flammes ou Josie Molette, excédée par vingt ans de secrétariat, avait défenestré le docteur Baudoin. Il reçut Violaine sur le pas de la porte, l'air très inquiet.

– Qu'est-ce qu'il se passe ?

– Rien.

Ils se dévisagèrent comme s'ils ne se connaissaient pas. Violaine était si émue qu'elle en paraissait hostile.

– Entrez...

Vianney avait peur que son chat ne s'échappe dans l'escalier. En réalité, le courageux Poubelle restait aplati sous le fauteuil, dans l'attente des événements.

L'appartement de Vianney ne comportait que deux pièces, un living-room où il mangeait et travaillait et une chambre à coucher.

– C'est chez vous ? dit Violaine en regardant autour d'elle avec circonspection.

– Oui, c'est… chez moi.

On aurait pu s'en douter. Un silence passa et Violaine se rappela qu'elle n'avait qu'un quart d'heure pour agir.

– Oui, donc, je voulais vous remercier.

– Me remercier ?

– De ce que vous avez fait pour moi.

– Oh… mon devoir de médecin.

Ils paraissaient réciter un dialogue que quelqu'un d'autre aurait écrit, quelqu'un qui aurait manqué d'inspiration.

– Et puis je voulais vous prévenir.

– Me prévenir ?

– Oui, parce que… mon père trouve que vous prenez trop de temps avec chaque malade et, du coup, la salle d'attente ne désemplit pas. Enfin, pas assez vite.

Elle ne semblait pas se rendre compte du caractère incongru de sa déclaration.

– C'est votre père qui vous a chargée de cette commission ?

Elle se troubla.

– Non, non ! Je l'ai entendu dire… dire ça. Et j'ai pensé… j'ai voulu…

Vianney secoua la tête.

Il ne pouvait pas se justifier sans critiquer le docteur Baudoin. Il préférait donc ne pas répondre. Mais Violaine s'approcha un peu plus de lui.

– J'ai trouvé que ce n'était pas juste. Il ne sait pas ce que vous avez fait pour moi. Moi, je sais que vous n'êtes pas un incapable.

Il tressaillit douloureusement.

– C'est ce qu'il vous a dit de moi ?

– Oui mais non…

Elle ne savait plus où elle en était. Mon Dieu, que c'est long, un quart d'heure !

– Écoutez, mademoiselle, votre démarche part peut-être d'un bon sentiment… J'en suis même certain, se reprit-il. Mais il y a un malentendu entre votre père et moi et je préférerais que vous ne vous en mêliez pas.

– Mais c'est qu'il veut changer d'associé, vous le savez, ça ?

Vianney ne savait qu'une chose, mais longuement apprise : souffrir en silence.

– Pourquoi vous n'accélérez pas vos consultations ? le bouscula Violaine. Papa, il lui faut dix minutes par client !

C'était plus que Vianney ne pouvait en endurer.

– Violaine, chacun exerce la médecine comme il l'entend. Le docteur Baudoin...

Il s'interrompit.

Il savait désormais ce qu'il pensait de son élégant confrère. Violaine venait de jeter discrètement un regard à sa montre. C'est court, un quart d'heure !

– Qu'alliez-vous dire au sujet de mon père ? fit-elle avec hauteur.

– Je ne veux faire aucun reproche au docteur Baudoin, qui a eu la gentillesse de me proposer cette association. Il est probable qu'en effet je ne lui convienne pas.

– Oooooh ! s'exclama alors Violaine, en écarquillant les yeux.

Elle regardait quelque chose qui se trouvait derrière Vianney.

– Comme il est mignon !

Elle s'accroupit et fit quelques agaceries à Poubelle, grattant la moquette et murmurant : « Minou, minou... »

– Attention ! s'affola Vianney. Il a des réflexes bizarres. J'ai peur que... non !

Poubelle s'était avancé vers Violaine, évitant Vianney qui voulait s'interposer.

– Il lui manque un morceau d'oreille. Et sa queue ! Pauvre chéri…

Sous les yeux ahuris de Vianney, la jeune fille caressait le chat.

– T'es un gentil chat, toi… Un bon chachat. Mais tu t'es battu, vilain ?

– Ronron, faisait Poubelle.

« Mais ce sale type ! songea Vianney. Il sait ronronner ! » Violaine se redressa, ravie, tandis que le chat passait entre ses jambes et se frottait à elle.

– Comment il s'appelle ?

Vianney eut un peu honte de devoir avouer :

– Pou… belle.

Elle éclata de rire.

– Vous êtes drôle, quand même… Heu… excusez-moi…

Elle sortit de sa poche de jean un objet que Vianney prit d'abord pour un poudrier et dont elle releva le couvercle.

– Je dois prévenir quelqu'un…

Elle composa un SMS pour Adélaïde : « vien pa »

– Voilà, fit-elle en refermant le clapet de son portable d'un geste décidé. Et donc, vous vivez tout seul. Enfin, juste avec Poubelle ?

Ses yeux, son sourire, son corps prenaient de

l'assurance. Vianney, ayant posé une fesse sur la table, paraissait plus petit. Il balançait une jambe, l'air indécis.

– Je suis tout seul, oui.

– Qu'est-ce que... vous pensez de moi ?

– De vous ? Que vous êtes très jolie, c'est ça ?

Elle fit un petit mouvement d'épaules qui signifiait : « Ça, tout le monde peut le voir. » Il retourna la situation :

– Et vous, qu'est-ce que vous pensez de moi ?

– Je ne sais pas... Vous avez une bonne tête.

Violaine maudit Adélaïde qui lui avait soufflé cette expression.

– Une tête d'âne ? dit-il. Au fond, un âne, c'est un incapable...

Ses yeux riaient.

– Vous êtes vexé ?

– J'en ai l'air ?

Violaine se sentit fondre. Si patient, si bon, avec un zeste de malice. Il était irrésistible.

– Excusez-moi...

Elle rouvrit son portable et pianota sur le petit clavier : « vien ». À présent, elle ne craignait plus rien, ayant pris ses précautions. Elle vint tout près de Vianney, presque à le toucher.

– Je voudrais vous demander… Est-ce que vous ne pouvez vraiment pas faire un effort ? Je sais que mon père peut être très énervant. Mais ne vous fâchez pas avec lui…

Elle dit d'autres phrases, sans doute gentilles. Mais il n'entendait rien, il sentait son corps tout près du sien. Son cœur battait des ailes, comme un oiseau blessé qui ne parvient pas à s'envoler.

– Tiens, ça sonne, dit Violaine.

Elle alla appuyer sur le bouton de l'Interphone et ouvrit la porte, comme si elle était chez elle. Vianney, encore engourdi, l'interrogea du regard.

– C'est mon amie. Adélaïde. On avait rendez-vous.

– Ah !

Il ne paraissait même pas surpris. Mais abattu. Il ne leur restait que quelques secondes d'intimité. Lequel des deux fit le premier geste ? Ils se prirent la main, puis s'enlacèrent, puis se serrèrent très fort l'un contre l'autre. Et Violaine repoussa Vianney. Maîtresse du jeu.

– Au revoir, dit-elle.

Adélaïde était déjà sur le palier, elle n'eut pas l'occasion de sonner. Violaine l'attrapa par le bras au passage :

– On y va.

Vianney dut refermer la porte derrière elles et s'y appuya un moment.

À cet instant-là, il ressentit sa solitude. Personne à qui parler. Personne à qui se confier. Il se décolla de la porte. Mais si, bien sûr, il y avait quelqu'un ! Il chercha dans son répertoire. A B C D. Drumont. Professeur Michel Drumont.

– Michel ?.. Oui, c'est Vianney. Tu reconnais toujours ma voix ! Si, si, ça va. Je voulais juste te dire… Michel, il m'arrive un truc bizarre. Je crois que je suis amoureux… Ça te fait rire ? Ben oui, ça devait finir par m'arriver.

16

Encore un client pour Chasseloup

Jean allait toujours aussi mal. Pourtant, il en bouffait, du Lexopac. Mais ce n'était plus un éléphant qu'il avait sur la poitrine, c'était un diplodocus. Les jours passaient, les nuits passaient, Jean étouffait. «Je vais me faire une dépression nerveuse», se disait-il.

– C'est du surmenage, diagnostiqua Stéphanie. Prends moins de rendez-vous.

– Mais ce n'est pas possible! C'est un engrenage.

Il avait sur les épaules ce cabinet médical, son luxueux appartement, sa villa à Deauville, une secrétaire, deux femmes de ménage, un jardinier, des traites, des impôts, des frais, des factures.

– Je suis une machine à faire du fric.

Il était dans la chambre à coucher, à demi dévêtu. Sa femme, qui lisait au lit, poussa un soupir.

– Oui, d'accord, je dérange. Merci de me le rappeler.

– Ce n'est pas ça, Jean. Mais je ne sais plus quoi te dire. Tu as des enfants merveilleux, nous gagnons très bien notre vie…

– Mais ça veut dire quoi, «gagner sa vie»? s'écria-t-il en écartant les bras comme un crucifié. J'accumule des objets, des maisons, des bagnoles, des gadgets, des pulls Lacoste! J'en fais quoi? Rien. Je consomme, je jette, je consomme, je jette. Ma vie, c'est ça, une benne à ordures.

Stéphanie secoua la tête, impuissante. Il disait n'importe quoi, il saccageait tout. Puis il demandait pardon.

– Excuse-moi, grommela-t-il en ôtant son pantalon.

– Tu devrais consulter quelqu'un.

– Un médecin? fit-il, la voix narquoise.

– Un psychiatre, répondit nettement Stéphanie. Je ne sais plus qui m'a parlé du professeur Drumont, l'autre jour. Il paraît qu'il est très bien.

– Je n'ai pas confiance dans ces gens-là, dit Jean en se mettant au lit.

– Tu préfères tes petits cachets?

– Je préfère dormir.

Il ferma les yeux. Stéphanie posa son livre sur la table de chevet et éteignit la lampe. Soudain, dans la nuit :

– Rallume.

– Hein ?

– Rallume J'ai peur.

La lumière jaillit de nouveau.

– Qu'est-ce qu'il y a ? s'alarma Stéphanie. Tu as mal quelque part ?

– J'ai peur. Il va m'arriver quelque chose.

– Mais tu as mal ? insista sa femme.

– Non. C'est diffus. C'est une sensation de…

Il se redressa et happa l'air comme un plongeur remontant à la surface.

– Écoute. Je n'ai pas toujours été un type bien. Avec toi, Stéphanie.

– Mais c'est vieux ! Pourquoi tu reparles de ça ? J'ai oublié…

– Pas moi. J'y ai repensé à cause de ce qui est arrivé à Violaine.

– Cette histoire t'a retourné. Moi aussi. J'ai pensé : je suis une mauvaise mère…

– Non, je n'ai pas du tout pensé ça, je suis un bon père. Enfin… passable. Je te parle du type qui est là.

Il se frappa la poitrine et grimaça.

– Et puis merde. Éteins.

Il se recoucha en lui tournant le dos et ne donna plus signe de vie jusqu'au matin.

De son côté, Vianney planait. Il était amoureux. C'était tellement inespéré, tellement nouveau qu'il s'en contentait. Lui qui disait dix fois par jour: « Que puis-je faire pour vous ? », il allait pouvoir faire quelque chose pour lui. Elle s'appelait Violaine, il la voulait. Il ne s'avisait pas encore de le lui dire, mais il faisait tout ce qui était en son pouvoir pour ne pas la perdre. Au cabinet médical, rue du Château-des-Rentiers, il allait et venait sur la pointe des pieds, furtif, efficace (autant que ses vieux patients le lui permettaient), et faisant tout pour éviter son redoutable collègue. C'était le jeu du chat et de la souris. Jean le guettait, il ouvrait parfois la porte de son bureau, croyant l'entendre passer dans le couloir. Le matin, en arrivant, il demandait à Josie :

– Il est là ?

– Pas encore.

Et le soir, c'était :

– Il est là ?

– Parti.

Un vendredi, il réussit à le coincer sur le palier.

– Ah, Chasseloup !

Le jeune homme lui offrit son plus touchant regard d'âne.

– Je veux vous parler. Vous éviterez de filer à 13 heures demain, comme vous le faites d'habitude ?

Vianney n'osa pas lui répondre qu'on l'attendait chaque samedi au Centre de planification familiale.

– Entendu, docteur… heu…

Ce soir-là, Jean rentra de bonne heure et de bonne humeur. Peut-être la perspective de régler bientôt son compte à Chasseloup y était-elle pour quelque chose ? Il raconta quelques anecdotes médicales hilarantes au cours du repas et les enfants Baudoin éclatèrent de rire à plusieurs reprises.

– N'est-ce pas que je suis amusant ? fit-il le soir dans la chambre.

Il mit la bouche en cul-de-poule pour imiter le ton mondain de madame Beaulieu de Lassalle :

– Quel homme charmant, ce docteur Baudoin !

Sa femme lui jeta un regard perplexe. Il devenait de plus en plus insaisissable.

– Stéphanie, dit-il soudain, j'ai réfléchi.

« Qu'est-ce qu'il va encore me sortir ! », songea-t-elle.

– Je ne veux plus de ce petit jeu de volant entre mon cabinet médical et ton labo.

– Comment ça ?

– Ne fais pas la naïve. Je ne t'accuse de rien. Je prends toute la faute sur moi. La moitié des clients que je t'envoie n'ont aucun besoin d'analyses.

Il y eut entre eux un silence plombé.

– Tu fais comme tu veux, dit-elle enfin.

Le samedi matin, Josie Molette était en congé et le docteur Baudoin décocha un sourire à sa chaise vide. D'avoir avoué, il allait mieux. Il se sentait plus léger. Même le défilé de patients lui parut moins pénible.

En face d'un vieux vieux monsieur qui sentait le sapin, il lui arriva de penser : « Un client pour Chasseloup. » Mais sans plus.

Vers midi et demi, en ouvrant la porte de la salle d'attente, il eut la bonne surprise d'apercevoir la gracieuse madame Bonnard. Il lui fit son sourire de charmeur :

– Entrez, madame Bonnard…

Elle rosit et, un peu confuse, elle murmura :

– Je… j'ai rendez-vous avec le docteur Chasseloup.

Il resta imperturbable et se tourna vers une personne qu'il n'avait jamais vue :

– C'est sans doute à vous, madame ?

La rage hurlait en lui, dévastatrice. Comment Chasseloup avait-il fait pour lui voler aussi madame Bonnard ? Bien calé dans son fauteuil, l'air apparemment détendu, il serrait convulsivement ses mains jointes.

Il allait le broyer.

– Donc, mon médecin m'a dit que je devais le faire, mais j'ai pensé qu'il valait mieux que je prenne l'avis d'un autre médecin. D'après vous, je dois le faire ou pas ?

– Naturellement, répondit Jean, qui n'écoutait pas.

– Il faut le faire ?

– Tout à fait.

En lui-même, il pensait : « Je l'attrape au collet dès que madame Bonnard sera sortie ! »

– Bon, reprit la dame, j'avais besoin d'une certitude. Mais... est-ce que je dois le faire maintenant ou est-ce que ça peut attendre les vacances ?

– Maintenant, répondit le docteur Baudoin, d'autant plus déterminé qu'il ne savait pas de quoi il était question.

La dame repartit, galvanisée. Puisqu'il fallait le faire, elle le ferait. Et sans tarder. Au revoir, docteur !

Jean alla ouvrir une fois de plus la porte de la salle d'attente. Celle-ci était déserte, mais madame Bonnard était encore en consultation avec Vianney. Rien que d'y penser, Jean sentait monter en lui une vague de colère. Chasseloup aurait voulu le détruire jusque dans le plus petit recoin de son amour-propre qu'il ne s'y serait pas pris autrement. Enfin, il entendit un échange de voix dans le couloir, puis madame Bonnard qui riait. Chasseloup faisait rire madame Bonnard !

La porte d'entrée claqua. Au même moment, Jean se sentit pris d'une grande faiblesse de corps et d'âme. Allait-il pouvoir lutter contre Vianney ? Peut-être aurait-il renoncé si Chasseloup n'avait toqué à sa porte.

– Oui !

Il se redressa, la colère le fouaillant de nouveau. Vianney entra d'un pas hésitant.

– Vous souhaitiez me parler, docteur... hmm...

– Comment osez-vous... Vous n'avez pas honte ? bredouilla Jean en marchant sur lui.

Vianney recula d'un pas.

– Madame Bonnard... qui sort d'ici... c'est ma patiente... depuis des années...

Jean haletait. De colère ou d'angoisse. Il était très pâle. Une grande douleur l'envahissait, mais il ne la percevait pas encore distinctement. C'était comme la rumeur d'une catastrophe à venir.

– C'est du détournement de clientèle... Après... après Bonpié... et l'autre, l'autre... Machin...

Le nom de Lespelette lui échappait. Il bataillait contre lui-même plus encore que contre Chasseloup.

– Vous faites erreur, se justifia Vianney. J'ai vu madame Bonnard au Centre de planification familiale. C'est vous qui me l'avez adressée... sans le savoir, bien sûr.

De blanc, le visage de Jean devint gris.

– Quoi? Vous êtes au Centre de...

Il attrapa Vianney au collet, mais on aurait pu croire qu'il se raccrochait à lui pour ne pas tomber.

– Ne vous mettez pas en colère, le supplia Vianney. C'est le hasard. Je n'y suis pour rien. J'aurais peut-être dû vous signaler que, le samedi après-midi, j'étais à l'hôpital pour...

– Violaine, murmura Baudoin.

Rien ne fut dit entre les deux hommes, mais le regard navré de Vianney le trahissait.

– Salaud, salaud !

Vianney crut que son collègue allait le frapper.

– Je vous en prie, docteur Boudin…

Les yeux de Jean se dilatèrent. Docteur quoi ? Mais il n'eut pas l'occasion de poser la question. Une effroyable douleur lui fit porter les mains à plat sur son cœur. Ni un éléphant ni un diplodocus. Jean voulut dire « infarctus », mais ses mâchoires, prises dans un étau, ne pouvaient plus se desserrer. Seuls ses yeux adressèrent à Vianney un signal de détresse. Le jeune homme le retint par les bras au moment où il s'effondrait. Il fut entraîné dans la chute, mais parvint tout de même à l'amortir. Il se releva immédiatement, courut à l'armoire de médicaments, trouva du Trinispray, des laboratoires Ferrier, glissa l'embout entre les lèvres décolorées du docteur Baudoin et lui délivra plusieurs doses de trinitrine. Puis il sortit son téléphone portable et fit le 15. Tandis qu'il expliquait la situation à la permanence du SAMU, le téléphone coincé entre l'épaule et l'oreille, il défaisait le nœud de la cravate de Jean, lui desserrait sa ceinture, cassait une ampoule de morphine, le piquait, et dans les intervalles lui parlait d'une voix calme :

– Tenez bon, docteur Baudoin, je suis là. Oui, allô ? Oui, rue du Château-des-Rentiers, au 4. Les secours vont arriver, Jean... Oui, le cabinet médical. Parfait, je vous attends. Dix minutes, OK. Ils arrivent, Jean.

Il s'aperçut alors que le docteur Baudoin venait de perdre connaissance. Le cœur, le cœur allait s'affaiblissant et Vianney essaya de le relancer en appuyant très fort sur la poitrine. Appuyant, relâchant, quarante fois par minute. Il lui déchira la chemise pour pouvoir se colleter corps à corps avec la mort. Appuyant, relâchant, au risque de lui briser la cage thoracique. Le souffle, le souffle allait s'amenuisant. Vianney alterna la respiration artificielle avec le massage cardiaque. Cinq minutes, dix minutes. Vianney s'épuisait, mais il lui semblait que le cœur repartait. Quand il entendit sonner, il se rua vers la porte d'entrée. Le SAMU débarquait, infirmiers, civière, médecin. La course contre la montre allait commencer. Injection. Perfusion. Jean n'était plus qu'un corps ballotté, empaqueté, transporté. Direction le service de réanimation. Vianney escorta les brancardiers jusqu'à l'ambulance.

– De la famille à prévenir? questionna l'un d'eux.

– Je m'en charge, répondit Vianney.

Il savait où habitait le docteur Baudoin. C'était aussi là que vivait Violaine. Que lui dirait-il s'il se retrouvait face à elle ? Elle lui avait demandé de ne pas se fâcher avec son père... Vianney se sentait très malheureux, malheureux d'avoir appelé Baudoin Boudin, malheureux d'avoir provoqué sa rage en recevant madame Bonnard. Était-il responsable de cet infarctus ? Celui-ci devait couver depuis quelque temps comme le feu sous la cendre. Mais s'il racontait la scène à Violaine telle qu'elle s'était passée, comment la jeune fille réagirait-elle ?

Les enfants Baudoin étaient à la maison en ce samedi après-midi, un par chambre. Cerise était à Kochonland, Paul-Louis sur MSN avec Sixte, Violaine, le téléphone vissé à l'oreille, débattait avec Adélaïde d'une question cruciale : Vianney Chasseloup était-il beau ? Elle entendit l'Interphone sonner, mais jugea qu'elle était trop occupée pour aller ouvrir. Paul-Louis en pensa autant. Ce fut donc Cerise, assez agacée, qui dut laisser ses kochons en stand-by.

– C'est quiiii ? cria-t-elle dans l'Interphone de sa petite voix pointue.

– Le docteur Chasseloup.

– Qui ?

– Chasseloup, le... l'associé de votre papa, répondit Vianney, devinant à qui il avait affaire.

– Papa est pas là.

– Je le sais. Mais je voudrais parler à votre maman.

– Elle est pas là.

– Vous êtes toute seule ?

– Non, y a Violaine et mon frère.

– Pourriez-vous m'ouvrir ? Je souhaite leur parler.

Cerise obéit et courut vers ses aînés, porteuse de cette incroyable nouvelle : Chasselouche était en bas !

– C'est le nullard qui travaille avec papa ? demanda Paul-Louis à Violaine.

Elle se contenta de pincer les lèvres et d'attendre l'arrivée de l'ascenseur sur leur palier.

– Bonjour... Excusez-moi de débarquer comme ça. Mais j'ai pensé que c'était mieux que de téléphoner.

Les enfants Baudoin s'écartèrent pour laisser entrer Vianney. Il les dévisagea rapidement. Paul-Louis ressemblait beaucoup à son père, Cerise gardait la bouille ronde des jeunes enfants, mais on pressentait en elle la finesse de traits de sa sœur aînée. Tous trois, le visage tourné vers lui, semblaient intrigués, mais pas encore inquiets. Il prit le temps de leur sourire.

– Je viens de la part de votre père. Il a eu un

malaise au cabinet médical et on a dû l'emmener aux urgences.

– Un malaise ? releva Paul-Louis. Quel genre de…

– Un malaise cardiaque. Mais ça va, ce n'est pas très grave… Il faudrait juste que je prévienne madame Baudoin.

– Laboratoire Sol, dit Paul-Louis. Venez…

Ils allèrent au salon et le garçon appela sa mère. Dans ce genre de situation, son peu d'émotivité faisait merveille.

– Maman ? Monsieur Chasseloup est ici, oui, à la maison. Papa a eu un malaise cardiaque… sans gravité. OK. Je te le passe.

Il tendit l'appareil à Vianney, qui, pressé de questions par Stéphanie, dut se montrer plus précis et aussi plus alarmant. Quand il rendit le téléphone à Pilou, il s'aperçut que la petite Cerise s'était collée à sa sœur et suçait son pouce. Il tenta une fois encore de les rassurer, mais s'abstint de raconter l'altercation. Si le docteur Baudoin en réchappait, il serait toujours temps d'en parler. Vianney, qu'on attendait au Centre comme tous les samedis, quitta l'appartement des Baudoin sans même oser échanger un regard de connivence avec la jeune fille.

Lorsque Stéphanie revint chez elle, après être passée à l'hôpital, elle trouva chaque enfant dans sa chambre. Paul-Louis surfait sur tous les sites médicaux traitant de l'infarctus, Cerise dessinait des beaux cochons sur une feuille à l'intention de son papa, Violaine rêvait sur son lit à un médecin qui sauvait le docteur Baudoin. Stéphanie n'était pas porteuse de bonnes nouvelles. Elle n'avait pas pu voir son mari. On lui avait parlé de chocs électriques.

Paul-Louis tapa « infarctus + chocs électriques » sur Google et récupéra l'information suivante : « Sur un patient en ACR, la pose des palettes de CEE (choc électrique externe) doit être le premier geste à réaliser, car la défibrillation peut suffire à sauver votre patient. »

À ce moment-là, Paul-Louis, qui n'avait à peu près rien compris, venait de trouver sa vocation. Il serait médecin urgentiste.

17
Il faut bien faire une fin

Jean n'était plus rien qu'un bouchon flottant au gré des vagues, tantôt sur les crêtes, tantôt dans les creux, semblable au tracé de l'électrocardiogramme sur l'écran de surveillance. Placé sous perfusion, branché avec des électrodes aux poignets, aux chevilles et sur la poitrine, il ne ressentait plus rien, la douleur s'étant dissoute dans la morphine. Il avait parfois conscience de l'agitation autour de lui, mais il ne s'inquiétait guère du ballet de blouses et de bonnets blancs ou verts autour de lui. Il savait que ce qu'il redoutait était arrivé et qu'il pouvait maintenant se tenir en repos.

– La tension artérielle ! cria une voix.

Elle s'effondrait. « Je meurs », pensa le docteur Baudoin.

Lorsque Vianney put passer aux urgences, on lui apprit qu'on avait dû faire repartir le cœur de Jean avec trois chocs électriques et qu'on allait réaliser une coronarographie en urgence pour tenter de déboucher l'artère. Le pronostic était très réservé.

Comme Vianney s'éloignait par le couloir, il s'entendit appeler :

– Docteur Chasseloup !

Il mit quelques secondes à reconnaître la femme du docteur Baudoin, qu'il n'avait fait que croiser un jour au cabinet médical. Il lui serra la main, puis l'épaule :

– Je suis navré.

– Dites-moi comment c'est arrivé. Vous étiez là ?

– Heu, oui…

Et Vianney mentit. Un infarctus étant parfois un coup de tonnerre dans un ciel serein, il omit de raconter leur querelle. Le docteur Baudoin s'était effondré devant lui « comme ça ». En revanche, il décrivit longuement tous les efforts qu'il avait faits pour sauver son collègue en attendant les secours. Il espérait naïvement que cela serait répété à Violaine.

– Merci, merci, Vianney. Vous permettez que je vous appelle… ?

Elle ne put finir sa phrase et éclata en sanglots.

Il la prit contre lui et la réconforta, en essayant de ne pas penser qu'il aurait autant aimé consoler sa fille.

Le dimanche après-midi, Vianney reçut chez lui un appel de Stéphanie lui indiquant que le docteur Baudoin avait été opéré avec succès, mais qu'il restait en réanimation, sous haute surveillance.

Le lundi, Vianney dut recevoir la clientèle de son collègue entre ses propres rendez-vous, Josie Molette essayant de faire reporter les consultations les moins urgentes. Il émergea de son bureau à 21 heures, hagard, et vit Josie toujours à son poste.

– Vous n'êtes pas partie ?

– Je ne peux pas vous laisser dans cette panade, docteur Chasseloup.

– C'est très gentil. Et si vous voulez me faire tout à fait plaisir, appelez-moi Vianney.

Josie en eut des palpitations. Enfin quelqu'un qui la prenait pour un être humain !

– Merci, Vianney.

Les jours suivants, madame Baudoin téléphona régulièrement à Josie pour lui donner des nouvelles : son mari était tiré d'affaire… son mari n'était plus en réa… son mari pouvait recevoir des visites…

Mais il était question d'une longue convalescence dans une maison de repos pour cardiaques.

Tout le poids du cabinet médical reposait désormais sur les épaules de Vianney, les Bergeron, Bernard, Bonnard, Bonpié, Clayeux, Genest, Lespelette, Pézard, Rambuteau, Sanchez et autres Swan ! Quand il ne pouvait plus faire face, Josie réorientait le patient vers SOS Médecins. Vianney arrivait chez lui à 22 heures. Il avait tout juste la force de donner la pâtée à son chat, d'avaler la sienne et de s'effondrer sur son lit.

– Vous devriez occuper le bureau du docteur Baudoin, il est tout de même plus confortable, lui suggéra Josie en fin de semaine.

Il en eut un recul de frayeur. C'eût été comme achever son collègue après l'avoir précipité dans l'infarctus. Car, plus le temps passait, plus Vianney se sentait responsable. Il était d'ailleurs persuadé que le docteur Baudoin avait raconté ce qui s'était passé à sa femme et à Violaine. Plus jamais il n'oserait s'adresser à la jeune fille. Ainsi, sa première histoire d'amour se terminait… en eau de boudin.

Le samedi de cette même semaine, Vianney eut madame Baudoin en direct au téléphone :

– Docteur Chasseloup ?

Le jeune homme nota aussitôt qu'elle n'usait plus de son prénom.

– Mon mari aimerait vous voir à l'hôpital. Il ne faudra pas le fatiguer… mais je pense qu'il voudrait savoir un peu comment ça se passe au cabinet.

– On… on va sûrement perdre de la clientèle, bredouilla Vianney.

– C'est sans importance. Mais ne lui noircissez pas le tableau… On m'a bien recommandé de lui éviter toute contrariété.

Vianney promit de passer le lendemain, dimanche après-midi. Il ne brûlait pas d'envie de se retrouver en face du docteur Baudoin. Il se demanda s'il devait lui apporter des fleurs ou un bouquin. Pour finir, il mit dans sa sacoche toutes sortes de paperasseries administratives qui encombraient Josie. Cela permettrait de meubler la conversation, si conversation il y avait.

– Oui ?

Ce fut la voix de Stéphanie qui l'invita à entrer dans la chambre 217. Vianney s'exhorta une dernière fois avant de franchir le seuil : « Quoi qu'il te dise, ne l'appelle pas Boudin ! »

– Tiens, Superman ! l'accueillit Jean. Alors, il paraît que vous m'avez sauvé la vie ?

Vianney se décomposa. Violaine était dans la chambre. Il marmonna :

– Bonjour, m'dames, docteur… heu…

Il n'avait jamais paru plus empoté.

– Vous pourriez m'appeler Jean, fit le docteur Baudoin. Un massage cardiaque, ça crée des liens.

Son ton de voix était paisiblement moqueur. Vianney le regarda avec étonnement. Autant lui-même avait l'air maladif dans son long manteau noir, les cheveux en broussaille, le teint terne et les yeux creux, autant Jean semblait jeune et reposé. Un peu aminci, peut-être.

– Vous paraissez détendu, le complimenta Vianney.

– Complètement relax, mon vieux. Ils m'ont inondé de bêtabloquants… Vous connaissez ma fille, je crois ? ajouta-t-il avec sa malignité coutumière.

Violaine examinait attentivement sa manche de pull-over qu'elle allongeait pour cacher sa main.

– Non, non, bégaya Vianney.

– Si, contredit-elle tout bas.

– Accordez vos violons, leur fit remarquer Jean, c'est oui ou c'est non ?

– C'est oui, répondit Violaine en s'intéressant

activement à sa manche de pull-over. Monsieur Chasseloup est venu nous prévenir de ton malaise…

– Ah oui, oui, en effet, bredouilla Vianney, soulagé.

Du fond de son lit, Jean prit alors son ton le plus mondain :

– Puis-je prier ces dames de sortir à présent ? Deux ou trois petites choses à régler avec mon estimé collègue concernant nos patients. Merci d'être venue, Violaine. Stéphanie, tu attendras que j'en aie fini avec Vianney ou tu rentres à la maison ?

- J'attendrai.

Violaine prit sa doudoune sur le bras et passa dans le dos de Vianney, mais si près qu'elle le frôla. Leurs regards se croisèrent juste au moment où elle quittait la chambre. Vianney eut alors la certitude que le docteur Baudoin n'avait rien dit sur les circonstances de l'infarctus.

– Enlevez votre manteau, Vianney, asseyez-vous, fit Jean sur un ton d'aimable commandement. Non, pas sur une chaise. Là, près de moi. J'ai quelque chose de très confidentiel à vous demander.

Toujours aussi embarrassé de lui-même, Vianney s'assit au bord du lit.

– Et maintenant, vous allez me dire…

Jean laissa passer un temps.

- .. pourquoi vous m'avez appelé «Boudin»..

– Oh, c'est une longue histoire!

– J'adore les histoires.

- Elle n'est pas vraiment gaie

– Tant mieux.

Plus moyen d'y couper. Vianney commença dans un soupir:

– J'étais un très petit garçon...

Il essaya d'être bref, d'autant que Jean avait appuyé sa tête contre le gros oreiller, puis avait fermé les yeux.

– Vous dormez? chuchota Vianney.

– Non... Votre histoire n'est pas de celles qui endorment.

Il rouvrit les yeux.

– Merci de me l'avoir racontée. Je crois que je suis un peu fatigué, Vianney. Vous revenez me voir bientôt, n'est-ce pas?

– Très volontiers. Mais je... j'aurais voulu vous dire une dernière chose.

Dix minutes plus tard, Vianney quittait la chambre 217. Il aperçut Stéphanie au bout du couloir, debout, les bras croisés.

– Il vous attend, lui dit Vianney.

– Comment vous l'avez trouvé ? lui demanda Stéphanie, semblant quêter un bulletin de santé.

– Formidable !

Il s'éloigna d'un pas presque dansant, suivi par le regard intrigué de madame Baudoin.

Chambre 217. Jean semblait avoir replongé dans le sommeil. Stéphanie alla jusqu'à la fenêtre sur la pointe des pieds et appuya la tête au carreau, rêveuse. Il avait neigé. C'était joli, les arbres et les capots des voitures tout encapuchonnés de neige. Les gens allaient et venaient dans la grande allée, transis, pressés. Stéphanie reconnut Vianney dans son long manteau noir qui sortait de l'hôpital, bondissant de marche en marche, et elle le suivit des yeux tandis qu'il s'éloignait. Tout à coup, il se retourna comme si on venait de l'appeler. Quelqu'un sortait à sa suite de l'hôpital. Stéphanie écarquilla les yeux. Mais cette jeune fille, cheveux au vent, c'était Violaine ! Avait-elle attendu le docteur Chasseloup dans le hall d'entrée ? Et pourquoi ? Elle observa la scène, anxieuse. Il allait se passer quelque chose. Il va se passer quelque chose. De terrible. De merveilleux.

Violaine descend les marches légèrement. Vianney se met à courir dans l'allée comme s'il la fuyait. Il s'approche d'une voiture et ramasse hâtivement de la neige. Il en fait une boule qu'il lui lance. Elle l'évite en riant et court vers lui. Ils se regardent. Ils se parlent. Ils sont très près l'un de l'autre. Mais comme pétrifiés.

Stéphanie ferme les yeux et, instinctivement, de toutes ses forces, elle les pousse l'un vers l'autre. Elle rouvre les yeux. Elle… mon Dieu! Et lui… c'est incroyable!

Ce fut très bref, une simple étreinte, et ils repartirent côte à côte dans la longue allée. Quand ils eurent disparu de sa vue, Stéphanie revint s'asseoir sur sa chaise, abasourdie. Comment avertir Jean, comment l'habituer à cette idée? Les médecins avaient été formels: pas de stress, pas de contrariété.

– Tu… tu dors, Jean?

– Somnole… Je pensais à Vianney.

Elle tressaillit:

– Ah oui? Qu'est-ce que tu en penses?

– Non, je pensais seulement au prénom de Vianney. Il n'est pas facile à raccourcir.

Elle entreprit de le sonder:

– Et le docteur Chasseloup lui-même, comment tu le trouves ?

– Bah, c'est le généraliste basique. Pas futé mais consciencieux.

Sa femme eut l'air désolée. Décidément, il était trop tôt pour parler de ce qu'elle venait de voir par la fenêtre.

– C'est le brave type qui ne réussira pas, poursuivit Jean. Et qui va sans doute me couler mon cabinet.

Stéphanie se souvint à temps de l'humour un peu spécial de son mari.

– Tu l'aimes bien, finalement ?

Il acquiesça d'un clignement de paupières.

– De quoi vous avez parlé tous les deux ? lui demanda-t-elle.

– De monsieur Bonpié, du petit Bergeron, de madame Rambuteau, énuméra-t-il.

Elle attendit qu'il ait fini de se moquer d'elle.

– Et de rien d'autre ?

Il sembla se rappeler quelque chose :

– Ah si ! On a parlé de Violaine. Il paraît qu'il est amoureux d'elle...

Il porta la main à son cœur fatigué :

– Je vais tâcher de me ménager. Je suis curieux de voir mes petits-enfants.

Du même auteur à *l'école des loisirs*

Collection MÉDIUM

Ma vie a changé
Amour, vampire et loup-garou
Tom Lorient
Oh, boy!
Maïté coiffure
Simple

la série des *Nils Hazard*
Dinky rouge sang
La dame qui tue
Tête à rap
Scénario catastrophe
Qui veut la peau de Maori Cannell ?

Collection BELLES VIES

Charles Dickens

Collection NEUF
la série des *Émilien*
Baby-sitter blues
Le trésor de mon père
Le clocher d'Abgall
Au bonheur des larmes
Un séducteur-né
Sans sucre, merci
Nos amours ne vont pas si mal